Ingrid Hahnfeld

# NICHT OPHELIA



Zur Erinnerung an den 21. März 2003!

Ingrid Hahnfeld

Reihe M. 2003

Herausgegeben von Lisa Kuppler

Die vierzehnjährige Ophelia ist rothaarig, mager und verschlossen – nicht gerade geeignete Voraussetzungen für eine erfolgreiche Theaterkarriere. Trotzdem will ihre Mutter mit aller Gewalt eine gefeierte Schauspielerin aus ihr machen: Die allein erziehende Dagmar Pauli arbeitet als Souffleuse an dem Theater, auf dessen Bühne sie früher selbst gespielt hatte. Wegen der Schwangerschaft mit Ophelia musste sie ihre Karriere abbrechen, ein Lebenstraum, den sie nun durch ihre Tochter ausleben will. Die Mutter zwingt Ophelia zum täglichen Körpertraining, das Mädchen muss Shakespeare auswendig lernen und eine Rolle als Mohr im Jugendtheater einstudieren.

Dabei möchte Ophelia viel lieber mit einer Gruppe von Jugendlichen um die Häuser ziehen und Freundschaften schließen. Doch auch der junge Anführer Matjes, die blondierte Britta und die vorlaute Doreen akzeptieren sie nicht, sie machen sich über ihren Namen und ihre Schüchternheit lustig. Anerkennung findet Ophelia erst, als sie ausgetüftelte Mordpläne spinnt, mit denen sie sich von der Tyrannei der Mutter befreien will. Selbst der Möchtegern-Nazi Schmäde ist beeindruckt, als sie erzählt, wie sie den blutigen Selbstmord Dagmars vortäuschen wird. Dann kommt ein Neuer in die Gruppe: Alfons Beule, mit Seidenhemd und Föhnfrisur, entpuppt sich als Hamlet-Kenner, der Ophelia zum ersten Mal echtes Verständnis entgegen bringt.

Doch die Jugendliebe kollidiert mit den hochfliegenden Plänen der verzweifelten Dagmar. Sie verbietet der Tochter, sich mit der Clique zu treffen. Für Ophelia scheint es nur noch einen Ausweg zu geben.

Ingrid Hahnfeld

# NICHT OPHELIA

# 1

Ophelia kommt mit der Samstagspost herein. Sie stülpt den Briefkastenschlüssel über den Wandhaken, legt die warme Brötchentüte auf der Flurgarderobe ab. Kraust abwehrend die Nase. Im Korridor riecht es nach Nacht. Ungelüftet. Hinter angelehnter Schlafzimmertür dunstet der gestrige Abend Weinschwaden und Zigarettenrauch aus.

»Mama?«

Keine Antwort auf die zaghafte Frage. Hastig wenige verstohlene Schritte, und das Mädchen drückt die Tür zum Schlafzimmer der Mutter auf. Es späht, hält den Atem an. Beide Weingläser sind leer, auf dem Fensterbrett die offene Flasche. Grüne Vorhänge dämpfen das Morgenlicht, der Raum liegt im Halbdunkel. Vom vollen Aschenbecher auf dem Nachttisch scheut der Blick Ophelias zum Bett. Wüst. Ein zerklüftetes Kopfkissen. Und das Laken schleift am Fußboden hin. Im getürmten Deckbett scheint sich der Schauspieler zu bäumen mit seiner schwärmerischen Gestalt. Ein Trugbild, denn das Bett ist leer. Der Schauspieler verschwindet immer nachts noch, heim zu seiner Frau. Hier ist nichts als Nachtrest.

Die Innenfläche der Hand schwitzt kalte Feuchtigkeit, Ophelia spürt, wie die Zeitung anklebt. Sie schlüpft aus dem Zimmer, greift im Korridor die Brötchentüte. Und während sie die Tür zum Wohnzimmer aufklinkt, macht sie Gesicht und Gestalt und Stimme für die Mutter zurecht. Lieber Gott, mach mich fromm. In den blassen Zügen keinerlei Argwohn. Die blauen Augen schauen hell und zuvorkommend.

Fröhlich nicht, die Mutter könnte es für Übermut nehmen. Könnte herauslesen, dass Freude auf den heute fälligen Besuch beim Vater in ihr steckt. Nicht sie reizen damit. Brav und dennoch besonders, weil das Kind der Mutter sonst nicht hübsch genug vorkommt, hängen rotblonde Haarwellen auf die schmalen Schultern hinab. Und der magere Körper, der dem Kind zu lang geraten ist mit seinen vierzehn Jahren, der es mit schlaksiger Ungelenkheit quält, wird zusammengerafft. Anmut will die Mutter sehen – und das ist nicht zuviel verlangt. Das Kind hat es vielmals gehört und glaubt es gehörig. Wer von seiner lieben Mutter seit vier Jahren zum Ballettunterricht geschickt wird, darf wohl ein wenig anders daherkommen als ein trockener Stecken. Auch die kleine, allzu leise Stimme muss sich schämen. Hockt dem Kind zuweilen in der Kehle wie ein Vogel, dessen Herz ängstlich pocht. Soll aber tönen. Soll laut und deutlich heraussagen, was fremde Leute sich ausgedacht haben. Verwickelte, unverständliche Dinge, die in Theaterstücken aufgeschrieben stehn. Weil es der Mutter Herzenswunsch ist: Das Kind soll eine große Schauspielerin werden. Soll werden, was der Mutter versagt blieb.

»Als du geboren wurdest«, sagt ihr die Mutter wieder und wieder – und ihre Stimme ist voll unverständlichen Vorwurfs bei diesen Erklärungen – »hat mich dein Vater mit der Rolle der Ophelia besetzt. Ich hab mich so gefreut. So glücklich war ich, dass ich dir den Rollennamen gab. Zwei Wochen nach der Entbindung konnte ich schon wieder auf der Probebühne stehn ...«

Zorn schwingt in der Mutterstimme, bittere Enttäuschung.

»Und dann lief alles schief. Ich hab die Rolle nie gespielt. Sie haben umbesetzt. Ich hatte keine Zeit mehr für mein Rollenstudium: Du warst da. Und du warst dauernd krank.

Was das für mich bedeutete, mein Gott! Das ging so weiter, und mit dem Theaterspielen war für mich Schluss. Ich wurde nicht mehr besetzt. Kannst du das begreifen, kleiner Störenfried? Begreifen, was das heißt?«

Diesen Blick fürchtet das Kind. Die Augen der Mutter glimmen so fremd, so böse, dass es weinen möchte. Aber die Mutter schneidet mit herrischer Geste jeden Laut, jede Regung ab.

»Ach was! Keiner begreift das. Aber eines sage ich dir.«

Und sie droht nicht nur mit Worten. In der Körperhaltung der Mutter ist etwas, das dem Kind hohe Angst macht.

»Du hast den Namen nicht umsonst bekommen. Ich erwarte, dass du etwas daraus machst, verstanden? Ob du mich verstanden hast, hab ich gefragt.«

Das Kind sagt leise ja.

»Dem werd ich es beweisen«, höhnt die Mutter, »was in mir und meiner Tochter steckt.«

Das Kind weiß: Sein Vater ist gemeint. Und es versteht die Mutter nicht. Der Vater braucht kein solches Gefunkel, hat keine Drohung verdient. Ophelia mag den Vater, mag die Frau des Vaters, alle – auch den Sohn. Den erst recht, den Titus.

Das Wohnzimmer ist durchflutet von Sonnenhelle. Ein Schwall von Licht und Mailuft schlägt dem Kind entgegen, blendet. Das Kind blinzelt zur weit offenen Balkontür. Stimmen, Frühlingsgeräusche dringen herein. Ein Radio dudelt draußen im Hof, jemand pfeift dazu. Eine Schlagbohrmaschine wird irgendwo angesetzt, verschmutzt einige Augenblicke des Morgens, bricht ab. Inmitten die Mutter im blausamtenen Hausanzug, die aus der fensterlosen Plattenbauküche kommt. Trägt ein Tablett mit Frühstücksgeschirr durchs Wohnzimmer auf den Balkon hinaus, schaut flüchtig zur Tochter.

»Schön frisch?«, fragt sie und ist schon aus dem Blickfeld des Kindes. Tassen und Teller klirren, Besteckgeklimper. Die Mutter deckt den Frühstückstisch auf dem Balkon.

»Noch warm.«

Das Kind trägt der schlanken eleganten Frau die Brötchentüte hinterdrein. Dabei geht es wie im Kielwasser eines Schiffes, in einer Wolke von Parfümduft, die hinter der Schönen im Raum blieb.

Das Kind legt die Tüte auf den Campingtisch, streckt seiner Mutter die Post hin. Auf Zeitung und Werbeprospekten ein Briefumschlag mit ausländischen Marken.

»Post? Von wem?«

Flinke schmale Finger greifen nach dem Brief, wenden ihn.

»Oh!«, erstauntes, schwaches Lächeln, »von der Elba-Witwe.«

Vaters Schwester heißt so, seit ihr Mann gestorben ist. Obwohl sie in Düsseldorf lebt, hängt ihrem Namen dieses Elba an. Sie hat dort ein Grundstück mit Häuschen geerbt, und sie ist beliebt dieses Besitzes wegen, denn sie lässt teilhaben.

»Hol den Kaffee aus der Küche.«

Als das Kind mit Kaffeekanne und Stövchen zurückkommt, sitzt die Mutter schon am Tisch und liest. Ihre Miene verrät Überraschung, schließlich Freude. Mit der freien Hand greift sie in den Nacken, zurrt am Gummiband, das ihr Haar zusammenhält. Spielerisch fahren die Finger abwärts, umfassen den schwarzen Haarschweif, wickeln ihn zur Schlinge um die Hand, geben ihn wieder frei.

»Phantastisch«, murmelt sie vor sich hin, »das passt ja wunderbar.«

Dem Kind, das ihr gegenübersitzt, schenkt sie einen raschen Glanzblick aus dunklen Augen.

»Hör zu. – Liebe Dagmar Pauli, in diesem Jahr bin ich zeitig nach Elba gereist. Schon Anfang Mai hat es mich nicht mehr in Düsseldorf gehalten. Ich habe die casa in Schuss gebracht für die diesjährige Saison. – Wie sieht es bei Ihnen aus, haben Sie schon Ferienpläne?«

Wieder ein rascher Blick zum Kind, dem noch gar nichts schwant.

»Wenn Sie wollen, kommen Sie nach Zanca. Ich brauche bald Nachricht, um planen zu können. Ich möchte nicht, dass das Haus im Sommer ungenutzt bleibt. Also, ich lade Sie herzlich ein! – Was sagst du, hm?«

Das Kind blinzelt. Es kann gar nichts sagen. Es kann so schnell nicht ordnen, was die Briefworte bedeuten.

»Hör weiter. – Im Juli ist Detlev mit Dietlind und dem Titus hier, Anfang August ich. Danach könnten Sie ...

Jetzt fährt eine Ahnung in das Kind. Jetzt fragt es innerlich aufgeregt: Im Juli? Soll ich da mit? Mit Titus? In meinen Sommerferien?

Und über diesem Geraun der Gedanken verpasst das Kind einige Daten, ein paar Briefeinzelheiten. Hört aber, zum Schluss: »Also geben Sie Bescheid, ob Sie im August mit Ophelia kommen mögen. Mir ist auch recht, wenn Sie zu dritt anreisen. – Na, freust du dich?«

Nein, das Kind empfindet weder Freude noch Traurigkeit. Doch spontan folgt es der Hoffnungsspur, die in dem ungenauen 'zu dritt' enthalten ist.

»Wer denn? Wer reist mit uns?«

Dagmar Pauli legt den Brief aus der Hand. Sie schenkt sich Kaffee ein, reicht dem Kind einen Teetopf über den Tisch zu. Krosse Brötchen werden aufgeschnitten, Kruste splittert.

»Tja«, macht Dagmar nachdenklich und beißt von ihrem Brötchen ab. Ob er sich darauf einlassen wird? Wenigstens eine Woche sollte er Zeit für sie aufbringen. Seiner Frau könnte er einreden, dass er zu einem auswärtigen Gastspiel müsse, das hatte er schon einmal getan.

»Wer ›zu dritt‹?«, hakt das Kind nach. Und weil die Mutter ratlos wirkt in ihrer Nachdenklichkeit, wagt das Mädchen einen Vorschlag. »Titus hat im August auch noch schulfrei. Er könnte in der casa auf uns warten.«

Die Miene der Mutter verdüstert sich. Zwischen ihren Augenbrauen zeigt sich die kleine Senkrechtfalte, die dem Mädchen kein gutes Signal gibt.

»Was fällt dir denn ein?«, sagt Dagmar Pauli leise und mustert ihre Tochter mit strengem Blick. Vielleicht soll sie nicht mehr erlauben, dass Ophelia jeden Monat einmal dorthin geht. Ihr Vater behandelt sie zu nachsichtig, verdirbt sie damit. Und Titus, dieser hochmütige Bengel. Weil sein Vater ein bekannter Regisseur ist, bildet der Knabe sich wer weiß was ein. Und während Dagmar die Sommersprossen im blassen Gesicht der Tochter betrachtet, muss sie voll schmerzlichen Neides daran denken, was für ein schönes Kind Titus ist.

»Zu dritt?«, greift sie die Frage der Tochter auf und tut, als sei das längst geklärt. »Natürlich Skule Erikson, wer sonst.«

Das Mädchen sieht sofort das aufgebäumte Deckbett vor sich, das schleifende Laken. Alle Unordnung, die dieser Schauspieler jedes Mal in die kleine Wohnung bringt. Enttäuscht – aber mit einem Lächeln, um die Mutter nicht zu verärgern – sagt Ophelia: »Ach, der.«

Dennoch kostet es Mühe, nicht unvermittelt in Tränen auszubrechen. Die Aussicht, mit diesem Mann Ferien verbringen zu müssen, ist niederdrückend. Um sich abzulenken, reckt Ophelia den Hals, blickt über die Balkonbrüstung in das Terrassengärtchen hinab. Das Mandelbäumchen blüht, rote Tulpen und massenhaft Traubenhyazinthen. Zum gepflasterten Hofweg grenzt eine niedrige Ligusterhecke den kleinen Vorgarten ab.

Der Hof gleicht aber einem öffentlichen Platz. Viele Hauseingänge, Gartenstücke, Wege. Ein Wäschetrockenplatz, ein Kinderspielplatz. Mehrere Laternen. In unmittelbarer Nähe ihres Gärtchens die Sandsteinskulptur auf Metallsockel: Eine nackte Frau hockt, in sich versunken, mit beiden Armen umschlingt sie die Knie, wendet ihr stummes Gesicht dem Hofdurchgang zur Straße entgegen.

Unmittelbar neben der Balkonwand wird die Haustür aufgerissen, schlägt zu. Fußgetrappel auf dem Gitterrost. Wer will, kann um die Ecke lugen und volle Einsicht zum Balkon der Paulis nehmen. Zwar wächst unten im Garten Knöterich, und ihm sind Strippen gezogen hoch zum Balkon und dort bis zur Decke. Aber die Blättchen am Gerank sind noch zu klein, um vor aufdringlichen Blicken zu schützen.

Schritte entfernen sich die wenigen Stufen hinab zum Weg, Ophelia sieht eine Hausbewohnerin mit ihrem Kind abwärts tappen. Das Kind probiert vorsichtig erste Treppenschritte. Kurz darauf klappt die Tür nochmals, aber niemand geht. Bald darauf das Geräusch eines angerissenen Streichholzes, dann wölkt Zigarettenrauch über die Balkonbrüstung. Ophelia ist versucht, aufzustehen, ihrerseits um die Ecke zu lugen. Sie wohnen seit sechs Wochen in diesem Plattenbau, noch kennt Ophelia die Angewohnheiten der einzelnen Hausbewohner nicht.

»Rauch«, sagt Ophelia fragend und hofft, die Mutter werde diese Tatsache ebenfalls missbilligen. Aber Dagmar Pauli, aus ihren Urlaubsphantasien um Elba gerissen, entgegnet nur knapp: «Was geht's dich an?«

# 2

Britta sog den Rauch nur flach ein und versuchte, im Ausblasen Ringe zu formen. Nur Matjes konnte das aus der Clique vollkommen, ihr gelang es wieder nicht.

Britta verzog das stark geschminkte Kindergesicht. Sie hätte gern einen blasierten Ausdruck zustande gebracht, um sich selbst und vor allem Matjes zu imponieren. Doch die hochgezogenen Augenbrauen und der schmollende Mund wirkten nur wie die komische Fratze eines Schulmädchens.

Wo blieben sie denn? Britta guckte auf ihre Armbanduhr. Zehn vorbei, Matjes hätte längst hier sein können. Die anderen nicht, die hatten Schule bis mittags. Quatsch, heute nicht. War ja Samstag.

Hoffentlich brachte der kleine Holger Zigarettennachschub aus dem Laden seiner Alten mit. War dringend fällig. Und Schmäde? Der hatte doch samstags auch frei – von seiner Maurerlehre, wo steckte der? Machte wohl mit seinem Köter 'rum und seinen dämlichen Sprüchen.

Britta warf den Zigarettenstummel zwischen die Streben des Gitterrostes. Sie schaute dem Glutpünktchen nach, bis es unten auf dem Erdboden im Pflanzenabfall verlosch. Mit beiden Händen stützte sie sich auf dem Treppengeländer ab. Den Oberkörper schräg zur Seite geneigt, versuchte Britta einen neugierigen Blick auf Paulis Balkon zu werfen. Von der schicken Alten sah sie nur den Rücken mit dem langen Haarschwanz bis zur Taille. Aber der feinen Tochter blickte sie direkt in die Augen. Britta schnellte zurück. Die sah ja aus wie vom Mond, vielleicht tickte sie nicht richtig. Matjes hatte recht: Die mussten sie sich einmal vornehmen. So was von blödem Gegaffe.

Endlich kam er. Die Hoftür des Nachbarhauses klappte, und Mathias Fuchs trat ins Freie. Betont langsam ging er die Stufen hinab, die Hände in den Taschen seiner Jeans. Er pfiff, und sein schulterlanges Haar wippte bei jedem Schritt. Er schlenderte neben der Ligusterhecke heran, drehte den Kopf, schaute zum Balkon der Paulis. Er murmelte etwas Unverständliches.

»Hej!« Britta winkte ihm zu.

Matjes zog langsam eine Hand aus der Tasche, hob den Arm und grüßte mit drei ausgestreckten Fingern zurück.

»Wo bleibst du denn! Hast den Hintern nicht aus dem Nest gekriegt?«

Britta küsste ihn mit geschlossenen Augen.

Matjes legte seine Hände auf ihre Pobacken, zog Britta kurz an sich. Er schnupperte. »Wie riechst'n du?«

»Findste's gut? Hab ich meiner Alten geklaut, die hat 'n neues Pullensortiment im Bad.«

Matjes nestelte aus der Brusttasche seines T-Shirts eine Schachtel Camel. Er bot Britta an, bediente sich selbst.

Britta schnüffelte an der kalten Zigarette. »Stark.«

Matjes ließ sein Feuerzeug schnappen. »'n Arbeitsloser muss nehmen, was sich bietet.«

Britta blinzelte durch Rauchwölkchen. »Geklaut?«

Matjes vollführte eine Kopfbewegung in Richtung Balkon. »Musste aber nicht überall rumschrein, die glauben's vielleicht.« Er grinste breit. »Ne ganze Stange hab ich mich nicht getraut. Immerhin: zwei Schachteln.«

»Hoffentlich bringt Holger Nachschub«, sagte Britta versonnen und schaute ihrem Matjes auf den Mund. Sie musste das Verlangen, ihn sofort wieder und wieder zu küssen, niederzwingen. Matjes mochte das nicht in der Öffentlichkeit.

»Holger wollte heut 'nen Neuen mitbringen. Ne Intelligenzbestie aus seiner Klasse. Betuchte Eltern, sagt Holger, feine Leute. Der Vater von dem soll Banker sein.«

Brittas Blick riss sich los. Sie ging in Abwehrhaltung. »Und? Was will der bei uns?«

»Ey, maul nich 'rum.« Matjes streckte eine Hand vor und griff Britta in die blondierte Tolle. »Der findet keinen Anschluss, sagt Holger. Nach so was wie wir sind sehnt der sich regelrecht. Wär' doch nicht schlecht, wenn der Junge Kohle hätte und was rausspringt für uns. Oder?«

Britta gab sich nicht zufrieden.

»Ausgerechnet Holger schleppt wen an, Mensch. Der ist doch selber bloß geduldet, der Mickerling. Wenn der nicht seine Alten mit dem Zigarettenladen hätte – na, ich weiß nicht ...«

»Eben. Also gib Ruhe.«

Sie rauchten schweigend ihre Zigaretten zu Ende. Vom Pauli-Balkon hörten sie Geschirr und Besteck klappern, offenbar war das Frühstück dort zu Ende.

Mit gedämpfter Stimme fragte Britta: »Hast du dieses Mondkalb gesehen? Die hat mich vorhin angeglotzt wie'n Zombie. Bin gespannt, was bei der 'rauskommt, wenn wir sie uns greifen.«

Matjes reagierte nicht.

»Schiss bekommen?«

Ärgerlich stieß er hervor: »Blödsinn. Ist beschlossene Sache, weißt du doch. Das Ding läuft über meine Schwester.«

»Und wann? Dann soll Doreen sich mal beeilen.«

Matjes warf ihr einen unduldsamen Blick zu. »Du halt dich erst mal raus, verstehste? Ich weiß schon, was ich mache.« Hochmütig reckte er das Kinn. »Ich hab meinen Plan. Eins nach dem andern. Die Tante muss sich erst mal sicher fühlen hier im Haus.«

Brittas Schweigen war sanft, voller Zustimmung.

»Na – siehste. Wer hier denkt, bin ich.«

Obwohl sie seinen Widerstand spürte, schmiegte Britta sich an ihn. »Mensch«, flüsterte sie, »sei doch nicht so.«

Matjes legte seine Hände auf ihre Schultern, schob Britta von sich. »Bett auf der Straße ist nich, weißt du doch.«

Britta errötete unter der Make-up-Schicht deutlich.

»Hej«, machte Matjes amüsiert und mit einem Anflug von Zärtlichkeit in der Stimme, »hej, Alte.«

Sie lachte, schüttelte sich. »Na ja, Mensch.« Ablenkend fragte sie: »Wie alt schätzt du denn das Mondkalb?«

Matjes blickte sie fragend an.

»Na – die.« Britta deutete mit dem Daumen zum Balkon.

»Höchstens zwölf.«

»Nur zwei Jahre jünger als ich?«, rief Britta empört. »Nie im Leben! Die ist doch noch 'n Baby.«

Matjes hatte einen Einfall, der ihn grinsen machte. »Du, was hältst'n davon.« Er kniff ein Auge zu. »Wär das nicht 'ne prima Braut für unseren Mickerling?«

Britta schaute ihn offenen Mundes an. Meinte er, was er sagte? »Das Mondkalb? Eine Braut für unseren kleinen Holger? Echt?«

Matjes nickte. »Na immer. Die beiden werden gar nicht gefragt.«

Er brach in wieherndes Gelächter aus, von dem er sich lange nicht beruhigen konnte.

Britta war nicht wohl bei der Sache. »Nee, Matjes.«

»Doch, Britta.«

# 3

Nachmittags regnete es, und die Clique musste ihr Treffen in den Leitungsgang verlegen.

Dieser lange, unterirdische Gang, an dessen Decke und Wänden Heizungsrohre und Wasserleitungen verlegt sind, zieht sich unter den Häusern durch mehrere Keller hin. Eine dunkle, unheimliche Ader der Unterwelt. Sie verbindet Straßenanfang mit Straßenende, und was in dieser Ader pulsiert, vermag in jedes einzelne Haus aufzusteigen. Verschlossene Kellertüren, abgeschottete Hauseingänge werden gleichsam aufgehoben, außer Kraft gesetzt. Wer in der Hauptschlagader herumgeht, vermag unter zehn voneinander getrennten Häusern zu sein. Die Clique liebt diesen verbotenen Aufenthaltsort im Kellerdämmer, der Schutz, Versteck und ideale Fluchtmöglichkeiten bietet. Sind sie eben in Haus Nummer 1 verschwunden, können sie kurze Zeit darauf ohne Mühe in Haus Nummer 8 oder Nummer 10 wieder auftauchen. Wer hier wohnt, weiß es bald: Der eigene Haustürschlüssel passt zu jedem zweiten oder dritten Haus. Weniger sicher als hier sind Schlösser selten gewesen. Es ist, als habe die gleichmacherische Plattenbauweise diese Art von Serienschlüsseln herausgefordert.

Sie hatten das elektrische Deckenlicht eingeschaltet und saßen auf Betonsimsen. Ab und an gluckste es in einem der Rohre. Dann wieder war das Geräusch eines trockenen Rieselns zu vernehmen, als rinne ein dünner Sandstrom unter der Kellerdecke dahin. Aus dem Gully im Betonfußboden stieg modriger Gestank. Doreen, krötig und durchtrieben und mit ihren elf Jahren eigentlich zu jung für die Clique, hockte neben dem Gully. Mit einem Stock fuhrwerkte sie in den Ritzen herum, eifrig und hingebungsvoll, ohne sich etwas entgehen zu lassen von dem, was die andren trieben. Sie beobachtete schlau, um flink ihren Vorteil erhaschen zu können.

Ralf Schmäde hatte die Beine lang von sich gestreckt und räkelte an der Wand. Er war massig von Statur, wirkte grob mit seinem feisten, bleichen Gesicht und dem Glatzkopf. An den Füßen trug er schwarze Schnürstiefel. Neben ihm ausgestreckt döste sein Schäferhund vor sich hin. Matjes, ein Stück von Schmäde entfernt, musterte das Tier mit scheelen Blicken. Seit Schmäde den Köter mitbrachte, durfte kein Radio mehr laufen. Das Vieh vertrug Musik nicht. Überhaupt war Matjes nicht gut auf den Kumpel zu sprechen. Schmäde wirkte einschüchternd auf die andren, er machte ihm die Herrschaft in der Clique streitig. Bildete sich was ein auf seine Muskeln. Darauf, dass er aus Berlin stammte. Darauf, dass er die scharfe Töle hatte. Darauf, dass er Maurer lernte. Darauf ganz und gar, dass er vorhanden war. Brüstete sich mit irgendwelchen Waffen, die er angeblich besaß und auch gebrauchen würde. Einen Wurfstern. Ein Butterflymesser. Sogar eine Wumme. Sollte erst mal beweisen, dass er so etwas wirklich hatte, der Großkotz.

Absichtlich schrill pfiff Matjes eine Melodie, beobachtete aus den Augenwinkeln den Hund. Das Tier legte die Ohren an und knurrte.

»Schnauze«, sagte Schmäde sofort pomadig breit und wendete Matjes voll sein Gesicht zu. »Soll'n det?«

Britta zupfte Matjes am Ärmel. Sie fürchtete dass er aufbrausen könnte und es Streit mit Schmäde und dem Köter gab. Aber Matjes war still.

»Frank darf nicht mehr kommen«, gellte Doreen mit ihrer

hohen Stimme. Sie hatte den Zeitpunkt für ihre Mitteilung genau abgepasst: wenn allen ein bisschen langweilig war.

»Warum nicht?«, fragten Matjes und Schmäde prompt wie aus einem Munde.

Doreen stocherte weiter im Gully, ohne auf etwas zu stoßen. Ergebnislos rührte sie im Gestank. Mit einer Antwort ließ sie sich Zeit.

»Los, red schon!«

Der große Bruder spielte sich auf, na bitte.

»Weil wir junge Verbrecher sind!« rief Doreen triumphierend aus. Sie wendete sich Mathias zu und nickte. »Hat Franks Mutter zu Mama gesagt.«

Die anderen drei gucken verdutzt.

»Jetzt red' mal richtig«, fuhr Matjes die Schwester an. Ausgerechnet Frank, ihr Witzbold, soll nicht mehr kommen dürfen? »Was war los mit Frank?«

»Nischt«, antwortete Doreen und wendete sich wieder dem Gullyraster zu. »Außerdem stimmt's ja, was die gesagt hat.«

Nach einer Pause, deren Spannung Doreen körperlich spürte und abwehrend den Rücken dagegen krümmte, stieß Schmädes selbstsichere Stimme nach. »Wat soll stimm', du bescheuerte Tussi.«

»Na, etwa nich?« Doreen schnellte aus der Hocke, den Stock fest in der Faust. Wie eine kleine Hexe stand sie da, die Verwünschungen auszusprengen hatte.

»Ist doch wahr!«, rief sie mit ihrer schrillen Kinderstimme. Sie deutete mit dem Stock auf ihren Bruder Mathias.

»Der klaut, wo er kann!« In ihren Augen blitzte Schadenfreude. »Sogar aus Mamas Portemonnaie.«

Matjes holte mit dem rechten Arm aus, eine leere Drohgebärde. Doreen ließ sich nicht einschüchtern.

»Jawohl! Bei Karstadt sowieso, da mach ich selber mit. Mich erwischt aber keiner!«

Stolz blickte sie in die Runde, stieß jedoch bei keinem auf Zustimmung. Britta guckte verblüfft auf die kleine Teufelin. Und Schmäde lag auf der Lauer.

»Na, weiter«, sagte er leise.

»Britta«, rief Doreen, »siehste doch. Die geht auf'n Baby-Strich.«

Britta und Matjes fielen gleichzeitig über sie her.

»Baby?!« kreischte Britta empört, während Matjes aufsprang, zur Schwester lief, sie bei den schmächtigen Schultern packte und durchrüttelte.

»Sag mal, tickste nich richtig?!«

Doreen, die sich zu Unrecht gemaßregelt fühlte, setzte sich mit Lautstärke zur Wehr. »Eij, du bist doch ihr Zuhälter, Mann!«

Matjes ließ ab von ihr. Er platzte lachend heraus. »Hast was verwechselt, Doori. Dafür biste denn doch noch zu blöd.«

Er verzog sich wieder an seinen Platz neben Britta.

»Das musst du ihr aber mal stecken, Matjes«, sagte Britta, ebenfalls lachend. »Wenn die so was 'rumerzählt, bin ich echt sauer. Ehrlich.«

»Und ick?«, fragte Schmäde lauernd. »Wat haste denn vor mir parat?«

Doreen antwortete nicht.

»Ick warte, Tante.«

Doreen fixierte ihn, sah dann zu Boden und sagte: »Du bist einfach bloß 'ne Sau.«

Schmäde schnalzte einmal mit der Zunge, und der Hund spitzte erwartungsvoll die Ohren. »Auf!«

Sprungbereit stand der Schäferhund bei Schmäde zu Fuß.

»Lass den Hund«, warnte Matjes. »Mach keen Scheiß, Mann.«

Doreen wich vor dem drohenden Angriff zurück. Den Stock mit beiden Händen vor die Brust gedrückt, tappte sie nach hinten. Versuchte, mit dem Rücken Schutz an einer Wand zu finden. Sie stieß gegen einen Kartonstapel, der liederlich aufgeworfen war und jetzt auseinander kippte. Dabei wurden einige leere Wein- und Schnapsflaschen, die verstaubt neben den Kartons standen, umgewischt. Sie polterten klirrend auf den Betonfußboden. Der Hund fletschte die Zähne, knurrte die rutschenden Pappen und Flaschen an.

»Aus«, befahl Schmäde dem Tier, »aus!«

Der Hund entspannte sich, legte sich wieder zu Boden. Aber Schmäde erhob sich. Langsam näherte er sich Doreen, bis er breitspurig und massig vor ihr stand. »Hab ick richtig jehört? Ick bin einfach bloß 'ne Sau?« Er prankte in ihr Wuschelhaar, zerrte ihr den Kopf in den Nacken.

Doreen quiekte schmerzlich auf. »Matjes, hilf mir doch!«

»Lass sie los!«, rief Matjes. Zu seiner Schwester sagte er: »Hast selber Schuld, wenn de so'n Scheiß erzählst.«

Gezwungen, dem großen Jungen von unten her ins Gesicht zu blicken, zwinkerte Doreen ängstlich. Die dunklen Nasenlöcher glichen Kratern. Sie sah das wabblige, weiße Kinn. Über der blassen Oberlippe schimmerte es feucht, kleine Schweißtropfen hatten sich abgesetzt. Der Glatzkopf wirkte riesig aus dieser Nähe. Doreen starrte auf eine blutige Kratzspur über dem rechten Ohr, die mit schrundigem Schorf bedeckt war.

»Von wejen Sau«, sagte Schmäde grinsend. »Los, hock dir hin!« Er lockerte seinen Griff.

»Warum denn?«, wimmerte Doreen. »Tu mir nichts, Schmäde!«

»Hock dir hin, hab ick jesacht!«

Doreen gehorchte.

Schmäde drehte sich um, packte Doreen im Nacken und drückte ihren Kopf an seinen Hosenboden. »Von wejen Sau«, wiederholte er und furzte ihr donnernd ins Gesicht.

»Du Schwein«, japste Doreen, »lass mich los!«

Schmäde gab das Mädchen frei. »Jetzt haste, wat de verdient hast«, sagte er grienend. »Wenn eener 'ne Sau sein soll, musser sich ooch entsprechend benehm'. Ick hoffe, nu weeßte Bescheid, olle Petze.«

»Pfui Deibel«, sagte Doreen leise und voller Ekel, » der stinkt wie'n Jauchefass.« Sie wischte sich angewidert das Gesicht ab.

»Äks«, machte Britta, »so 'ne Schweinerei.«

Die Klinke wurde von außen herabgedrückt, die Tür einen Spalt breit geöffnet. Ein schmales Jungengesicht lugte herein.

»Hier sind sie«, sagte der Junge zu jemandem und öffnete die Kellertür. Der Hund hob witternd den Kopf, blieb friedlich.

»Haste Nachschub?«, fragte Britta als Erstes, nachdem sie Holger erkannt hatte. »Wir sind ziemlich pleite.«

»Hab ich.«

Die beiden Jungen betraten den Raum und schlossen hinter sich die Tür. Der schmächtige Holger, dunkelhäutig und mit braunem glattem Haar hatte einen befremdlich gepflegten aufgemotzten Jungen im Schlepptau. Sein helles Haar war modisch geschnitten und sah aus wie frisch geföhnt. Er trug ein lila Seidenhemd, eine elegante Herrenhose und teure Schuhe. Locker um die Schultern hing ihm ein Sommermantel.

Schmäde sprach aus, was vermutlich alle dachten. »Wat is'n det für'n jestylter Affe.«

Das hochmütige Lächeln des Jungen bewirkte, dass keiner über Schmädes Worte lachte.

»Nur kein Neid«, sagte der Junge kühl und setzte das Geschäftslächeln eines Managers auf. Seine Sprechweise glich der eines selbstsicheren Erwachsenen. Gefällig, leichthin, mühelos bediente er sich aus einem Wortfundus, dem die

Clique ablehnend lauschte. »Ich bin Alfons. Alfons Beule. Wenn ihr Spaß dran habt, dürft ihr mich Beule nennen – meist mögen Kinder das.«

Setzte sich auch damit deutlich von den anderen ab. Er spürte die Ablehnung und fügte erklärend hinzu: »Meist werde ich für einen Großkotz gehalten. Macht euch nichts draus: Ich bin einer.«

Britta lachte auf.

»Danke«, sagte Alfons Beule mit einem Schlenker in der Stimme und verneigte sich flüchtig in Richtung Britta. »Die Frau versteht mich. Aber im Ernst.«

Er gab seine gezierte Haltung auf und versuchte, schnoddrig zu sprechen. Es klang unecht. »Ist nur so, dass ich einen unheimlich hohen IQ habe, versteht ihr? Mich trifft also keine Schuld. Intellekt schändet doch wohl nicht in euern Augen – oder?«

Er lachte als einziger, und Holger beschlich das unbehagliche Empfinden, einen Fehler gemacht zu haben. Beule passte wohl doch nicht zu den andren. Rasch, um die Sache erst einmal wegzuschieben, räumte Holger seine Hosentaschen aus. Er förderte sechs Schachteln Zigaretten zu Tage.

»Da.«

»Muss man sich einkaufen bei euch?«, fragte Beule frech. »Mit Naturalien kann ich nicht dienen.« Er griff in die Brusttasche seines Seidenhemdes und zog einen Zehneuroschein heraus. Den hielt er zwischen zwei Fingern hoch und sah, dass er die erhoffte Wirkung tat.

»Jeld beruhigt kolossal«, stellte Schmäde lakonisch fest. »Jeh 'ne Pulle holn, Beule. Zwei Straßen weiter is 'n Kiosk.«

Beule guckte befremdet. »Ich? Ist wohl nicht dein Ernst.«

Außer Schmäde schien das jeder zu spüren. Alfons Beule war nicht der Kerl, den man auf Botengänge schickte.

»Reich 'ran«, sagte Matjes vermittelnd. Er stand auf, klopfte sich den Hintern ab und schlenderte auf Beule zu. »Willst 'n Einstand schmeißen?«

Er griff sich den Geldschein »Kommste mit?«

Britta schüttelte den Kopf, und Matjes stakte los. In den engen Jeans waren seine Beine ein wenig krumm, und neben Alfons Beule wirkte Matjes heruntergekommen, verschlissen. Er warf die Kellertür krachend ins Schloss, der Nachhall erschütterte die nachmittägliche Stille im Treppenhaus.

Als er die Kellertreppe heraufkam, öffnete sich im Erdgeschoss die Wohnungstür der Paulis. Das Mädchen kam heraus, fein gemacht und ausgehfertig. Matjes grüßte. Er hielt ihr die Haustür auf. Ophelia wurde rot vor Verlegenheit. Für sie war der Junge aus dem Nachbarhaus fast schon ein Erwachsener. Und soviel hatte sie mitbekommen: Im Trupp der Jugendlichen, die sich in Häusern und Höfen hier im Plattenbaugebiet herumdrückten, schien er der Boss zu sein.

»Tag«, hauchte sie und schlüpfte an dem Jungen vorbei aus der Tür. Noch immer regnete es.

Matjes ging neben ihr her. »Schon eingelebt?«

»Hm.« Ophelia spannte ungeschickt ihren Regenschirm auf, hielt ihn sich dicht über den Kopf.

»Und gefällt's dir hier?«

Nach kurzem Zögern antwortete sie: »Weiß ich noch nicht.«

»Wie heißte denn?«, fragte er scheinheilig und betrachtete von der Seite das blasse sommersprossige Gesicht. Er musste sich vorneigen, um es unter dem Schirmrand sehen zu können.

Ophelia antwortete leise und wurde wieder rot. Vor diesem Jungen schämte sie sich ihres Namens besonders.

»Ophelia«, wiederholte Matjes in gespielter Verwunderung. »Den Namen hab ich noch nie gehört.«

»Ist aus einem Theaterstück«, haspelte sie rasch, »aus Hamlet.«

Matjes grinste. »Na toll. Willste zum Film?«

Gegen seinen offenen Hohn igelte Ophelia sich ein. Verstockt entgegnete sie: »Ist nicht dein Problem.«

Matjes lachte. »Deine Alte ist beim Theater, stimmt's?«

»Hm.«

Sie waren an der Straßenbahnhaltestelle angelangt. Ophelia blieb stehen.

»Sehr gesprächig biste nich gerade. Willste nach Stadt?«

»Zu meinem Vater.«

Matjes stutzte. Ein Stück entfernt quietschte in der Endschleife die Straßenbahn, nahm die Kurve und ratterte heran.

»Na, viel Spaß«, wünschte Matjes, während Ophelia den Schirm zuklappte und in die haltende Straßenbahn kletterte. »Kannst ja nächstes Mal rauskomm'. Zu uns.«

Ophelia wurde zum dritten Mal rot. Wollten die sie wirklich haben?

»Hm«, machte sie und wandte sich abrupt von dem Jungen ab, kletterte in den Wagen.

Als Matjes bald darauf mit einer Schnapsflasche und mehreren Büchsen Bier in den Leitungsgang zurückkehrte, erzählte er von seiner Begegnung mit Ophelia.

»Aus 'nem Theaterstück hat die den ätzenden Namen.«

Beule, mit visionärem Gesichtsausdruck: »Sein oder nicht Sein, das ist hier die Frage ... Kennt ihr Hamlet nicht?«

Britta fragte neugierig: »Ein Krimi?«

»Doch, unbedingt. Beim nächsten Mal bring ich ihn mit.« Beule lächelte überlegen. Er schloss die Augen und zitierte mit einem tiefen Seufzer in der Stimme: »Doch brich, mein Herz! Denn schweigen muss mein Mund.«

Der theatralische Gesichtsausdruck und sein Mantel, der Alfons Beule lose um die Schultern hing, machte die Erscheinung des Jungen für die anderen unnahbar. Und vorerst unannehmbar.

# 4

Mit Beginn des Regens hatte Dagmar Kopfschmerzen bekommen. Sie war auch an Tagen, die Ophelia mit ihrem Vater zusammenführten, nicht frei von Eifersucht. Nicht auf die Tochter und nicht auf den Mann war sie eifersüchtig, sondern auf die Vergangenheit. Auf verlorene Stunden, in denen sie etwas falsch gemacht hatte, nach denen sie sich umso heftiger zurücksehnte. Unerklärlich. Das marterte wie eine kleine, stechende Flamme in der Brust.

Sie hatte Ophelia den Schirm gereicht und war heftig zusammengefahren, als der ohrenbetäubende Türknall durchs Haus dröhnte. Hatte gesehen, dass der Widerling aus dem Nachbarhaus die Kellertreppe heraufgekommen war. Dann hatte sie die Wohnungstür hinter der Tochter geschlossen, einen Augenblick zögernd im Korridor gestanden. Im Dämmerlicht des Flurs war ihr, als höre sie den Raum sich füllen mit Zeit. Wispernde Sekunden, und ihr Pulsschlag zählte sie und gab den Rhythmus an. Lange durfte sie nicht so in sich versunken stehen bleiben. Sie wusste, dass es gefährlich war. Allein mit sich konnte sie sich leicht abhanden kommen, und ihre Einbildungskraft spielte ihr dann sonderbare Streiche.

Mit einem Seufzer betrat sie das Wohnzimmer. Sie durchquerte es, um die Balkontür zu schließen. Der Mairegen trug Kühle herein. Unschlüssig stand sie einen Augenblick, überlegte, was tun. Ein fremder Geruch streifte sie. So schwach, dass er nur eine Ahnung blieb und Dagmar ihn nicht aufnahm. Dennoch waren ihre Gesten von ablenkender Eile. Sie glättete die faltenlose Tischdecke, rückte eine Vase zurecht. Fluchtartig ging sie in die Küche, kam mit der Kaffeekanne und einer sauberen Tasse ebenso hastig zurück. Sie setzte sich in die Couchecke, goss Kaffee ein, trank. Sie zwang sich zu langsamen Schlucken, heut war nichts mehr zu versäumen. Endlich entschloss sie sich, ein begonnenes Buch aufzuschlagen und darin zu lesen.

Doch sie vermochte der Handlung des Romans nicht zu folgen. Die Gedanken irrten ab. Immer wieder las sie einen Satz mehrfach, ohne ihn erfassen zu können. Sie hatte das Empfinden, einen Schleier vor den Augen zu haben, der ihre Sehkraft zum Erlöschen bringe. Aber das war es ja nicht, Unsinn. Das Dunkle war hinter den Augen, war jenseits, war in ihrem Kopf. Da schwärmten Schatten wie Wolken vor der Sonne, und nur dann und wann blitzte ein Wort deutlich wie Licht auf. Zusammenhang und Sinn entstanden auf diese Weise nicht.

Ihr Blick verlor sich, starr auf eine Buchseite gerichtet. Gedrucktes verschwamm zu schwarzen, undeutbaren Zeichen.

Dagmar hob den Kopf. An der Vase auf dem Tisch blieb ihr Blick haften, überdeutlich nahm sie die purpurroten Kelche der Tulpen wahr. Die glatte Schönheit der Blütenblätter wekkte eine Erinnerung. Jenen Strauß, der dort in Reichweite vor ihr stand, hatte sie früher schon einmal besessen. Jahre lag das zurück, in der anderen Stadt war es gewesen, und sie selbst hatte in einem Zauber gelebt. Oder geschah sie erst in diesem Augenblick, die Verzauberung? Sie neigte sich vor, um den Duft der Blumen einzuatmen. Da streifte sie wieder der fremde Geruch, wie eine Ahnung nur. Zu den Tulpen gehörte er nicht. Diesmal gestand Dagmar sich ihre Wahrnehmung ein, und es beschlich sie ein kaum spürbares Unbehagen. Sie hörte den eigenen harten Pulsschlag.

Nochmals tat sie es ab, indem sie Bewegung dagegensetzte. Klappte das Buch zu, warf es auf die Couch. Was hatte sie eben? Was war? Sie wollte jener Verzauberung auf die Spur, damals, die Tulpen ... Dagmar stand auf und zog aus dem gegenüberstehenden Sekretär einen Schub mit Briefen. Zurück in die Couchecke, den gefüllten Holzschub stellte sie vor sich auf den Tisch. Sie nahm ihre früheren Briefe heraus, las fremde Sätze. Überrascht biss sie sich auf die Lippe. Ihre Sprache von damals: So heftig hatte sie empfunden? Befremdet stellte sie fest, dass sie kaum die eigene Handschrift erkannte. Sie hatte damals anders, ganz anders geschrieben als heute. Eine Unbekannte trat ihr entgegen.

War da ein Geräusch? Deutlich hatte sich etwas bewegt. Rasch blickte sie auf und zum Fenster. Unversehens hatte sich dichter Nebel geballt, hatte wohl seine Feuchtigkeit hörbar gegen die Scheibe gedrückt. Dagmar sah sich im Zimmer um. Sie glaubte es nicht. Allerdings: Wenn Nebel tropfte, konnte er dann ... Ihr Herz begann zu hämmern. Obwohl sie ein Etwas zu spüren meinte, sagte Dagmar sich vernünftig, dass sie allein im Raum sei.

Wieder meinte sie etwas zu hören. Auf dem Balkon könnte jemand sein. Entschlossen stand sie auf, blickte durch die geschlossene Balkontür hinaus. Nichts. Bevor sie an ihren Platz zurückkehrte, warf sie einen Blick in die kleine Küche. Dort war alles in Ordnung.

Sie saß steif in ihrer Ecke, das Unbehagen wollte nicht weichen. Dagmar musterte das Telefon. Sie fürchtete, es könne zu läuten beginnen und das Lauernde im Zimmer aufscheuchen. Auf keinen Fall würde sie den Hörer abnehmen.

Mit einem Male nahm sie die veränderte Temperatur wahr. Es stieg vom Boden auf. Kühl. Nein, eher warm. Ein Unheimliches war anwesend, und es war unsichtbar. Vorsichtig hob Dagmar die Beine vom Fußboden und zog sie unter sich. Hockte abwartend im Coucheck.

Jetzt nahm sie das kaum hörbare Atmen wahr. Ein verhaltenes Schnaufen. Beklommen ließ sie einige Augenblicke verstreichen, wagte selbst kaum Luft zu holen. Dann war es wieder absolut still. Doch das war nicht einfach Stille, sondern Etwas war still.

Sie hielt es nicht mehr aus. Musste weg aus diesem Bann, brauchte Luft. Draußen dämmerte es bereits.

Dagmar schwang die Beine, federte hoch, war mit wenigen Schritten bei der Balkontür. Überstürzt und weit öffnete sie.

Da barst es hinter ihrem Rücken, und entsetzt fuhr Dagmar herum. Unter der Couch prellte es hervor, schoss an ihr vorbei, sprang in wilder Flucht über die Balkonbrüstung. Dagmar blickte der fremden Katze nach, die Stunden mit ihr im Zimmer verbracht haben musste.

Erleichtert und benommen zugleich, nachdem das heftige Erschrecken abgeebbt war, trat Dagmar auf den Balkon hinaus. Der Nebel lag dicht und schwer. Aus dem Vorgärtchen stieg betäubend süßer Duft. Dagmar lehnte sich über die Balkonbrüstung. Rosa und hellblau leuchteten Hyazinthen, der Flieder trug üppige dunkellila Dolden. Fahlweißer Nebel hüllte den Garten in eine Aura von Unwirklichkeit. Das machte ihn jenem Garten ähnlich, den Dagmar in der anderen Stadt gekannt hatte. Verwandelte ihn in jenen, brachte auf geheimnisvolle Weise ferne Tage zurück. Nein, vollkommen war die Täuschung nicht, Dagmar merkte es an dem schmerzhaften Zucken, das sie durchlief. Sie war hier, und es war jetzt. Dennoch. Dennoch konnte sie sich der Vorstellung hingeben, eine andere zu sein. Jene junge Frau am kleinen Stadttheater, die noch kein Kind hatte, die leidenschaftlich in ihrem Beruf aufging. Die jene Briefe an ihren Geliebten geschrieben hatte, die hinter ihr im Zimmer auf dem Tisch lagen. Auch er war verheiratet gewesen mit einer anderen, und sie hatte ihre Liebesbriefe für ihn beim Theaterpförtner am Bühneneingang hinterlegt ... *Detlev, Liebster, mein Einziger* ... er war ein wunderbarer Regisseur gewesen, mit ihm zu arbeiten bedeutete Glück.

Ein entrücktes Lächeln breitete sich auf ihrem Gesicht aus. Wenn sie nur tief genug zu sich selbst fand, konnte sie ihre Erlebnisfähigkeit steigern zu ungeahnter Dichte. Nahezu keine Schranken. Sie brauchte nur das wirkliche Leben abzustreifen wie einen Mantel, um darunter das Eigentliche zu finden. Den Kern, der alle zurückliegende Zeit umschloss und auf Verlangen wieder freigab.

Sie sank weg, verließ die Oberfläche des Augenblicks. Es gehörte dazu, dass sie unbewusst das Haar im Nacken löste, es sich mit leichtem Kopfschütteln um die Schultern warf. Der harte Zug um ihren Mund verschwand, ihr Blick wurde leer. Nichts aus seiner Umgebung schien er zu halten, sondern nach innen gerichtet Unsichtbares zu erkennen. Dagmar schob den Riegel der Balkonpforte zurück, öffnete behutsam. Mit leichten Schritten treppab wenige Steinstufen in den Garten. Sie bückte sich behände, pflückte Tulpen, brach einige Hyazinthenstängel ab, vom Fliederbusch rupfte sie Blütendolden. Legte sich die Blumen in die Armbeuge wie ein kleines Kind.

Sie begann zu summen. Kaum wahrnehmbar sang sie: »Auf morgen ist Sankt Valentins Tag, wohl an der Zeit noch früh ...«

Dagmar stieg mit den Blumen im Arm treppauf, verriegelte gedankenlos das Pförtchen, trug sich auf kindhaften Schritten ins Zimmer. Und war es auch nur für sie selbst: Tief innen hatte sie immer daran geglaubt, dass es genau ihre Rolle war.

»O pfui, was soll das sein?«, sang sie mit klarer Kinderstimme. »Ein junger Mann tut's, wenn er kann ...«

Sie lächelte flüchtig. Tat einen Knicks und fing an, Blumen auszuteilen.

»Da ist Fenchel für Euch und Aglei«, sagte sie sanft zum König und reichte ihm von den Kräutern im Arm. »Da ist Raute für Euch.«

Sie steckte sich eine Tulpe ins Haar. Die glitt ab und fiel zu Boden.

»Und hier ist welche für mich«, flüsterte sie.

Sie wandte sich zum König. »Ihr könnt Eure Raute mit einem Abzeichen tragen.«

Einen Moment besann sie sich. Dann blickte sie in die gramvollen Augen ihres Bruders. Tröstend raunte sie Laertes zu: »Da ist Maßlieb – ich wollte Euch ein paar Veilchen geben, aber sie welkten alle, da mein Vater starb.«

Sie legte ihm einen Hyazinthenstängel in die hilflos ausgestreckte Hand. Mit einem Schluchzen in der Stimme kehrte sie sich ab von ihm. Sie wanderte durchs Zimmer, den Kopf gesenkt und murmelte: »Und kommt er nicht mehr zurück? Und kommt er nicht mehr zurück? Er ist tot ...«

Während sie leise vor sich hinweinte, verstreute Dagmar alle Blumen im Raum. »Da ist Vergissmeinnicht, das ist zum Andenken; ich bitte Euch, liebes Herz, gedenkt meiner! Und da ist Rosmarin, das ist für die Treue.«

Der König warf ihr einen fragenden Blick zu. Sie hatte die Textstellen verwechselt, schoss es Dagmar durch den Sinn. Doch das machte nichts, es war einzig und allein ihr Auftritt.

»Denn traut lieb Fränzel ist all meine Lust«, sagte sie nekkend zum König und blinkerte ihm zu. Aber etwas hatte sie falsch gemacht. Jetzt erst wurde sie gewahr, dass auch die Königin anwesend war. Sie hätte ihr von den Blumen und den Wunderkräutlein geben müssen. Sie redete sanft die Königin an. »Es ist der falsche Verwalter, der seines Herrn

Tochter stahl. – Und manche Trän' fiel in Grabes Schoß – fahr wohl, meine Taube!«

Dagmar winkte ihr kindlich zu, und die Königin nickte Antwort. Laertes hatte sein Gesicht vor Kummer in beide Hände gebettet, Königin und König tauschten einen bedeutungsschweren Blick. Dagmar trat vor sie hin. Der Königin ins Gesicht sprach sie: »Gottes Lohn! Gott segne Euch die Mahlzeit!«

Und mit veränderter Stimme, härter, älter; mit der heutigen Dagmar-Stimme hörte sie sich sprechen, und sie tauchte bei diesem Tonfall in die Wirklichkeit auf: »Sie sagen, die Eule war eines Bäckers Tochter.«

Was für ein Satz. Vor Jahren hatte sie ihn nicht verstanden, und heute kam er ihr noch unzugänglicher vor. Obwohl ihm etwas innewohnte, das sie aufhorchen ließ. Da war etwas Verfängliches, etwas Lockendes ...

Dagmar raffte ihr Haar zusammen, befestigte es wieder im Nacken. Sie schaute sich im Zimmer um. Halb verlegen und halb ärgerlich gewahrte sie die am Boden verstreuten Blumen.

»Die Eule war eines Bäckers Tochter«, wiederholte sie in bitterem Tonfall und machte sich daran, Tulpen, Hyazinthen und die geköpften Fliederdolden einzusammeln. Ihrer ersten Eingebung, die Blumen einfach in den Garten zu werfen, folgte sie nicht. Dagmar ordnete die Blüten, soweit es möglich war, zu einem Strauß.

Während Dagmar eine Vase wählte, sie mit Wasser füllte und die Blumen einstellte, versuchte sie, sich der eben gespielten Szene zu erinnern. Sprechmelodie und Rhythmus klangen in ihr nach. Das geübte Ohr der Schauspielerin hatte vernommen, dass es gut gewesen war. Bühnenreif. Unerträgliche Entscheidung, die sie vor Jahren getroffen hatte. Zurück konnte sie nicht, nie wieder würde sie einen Vertrag als Schauspielerin bekommen. Voller Reue dachte sie daran, dass sie einverstanden gewesen war. Einverstanden, sich zur Souffleuse degradieren zu lassen. Welche Demütigung. Aber hatte sie denn anders gekonnt? Die Geburt der Tochter hatte sie vollkommen aus der Bahn geworfen.

Ohnmächtig stampfte Dagmar mit dem Fuß auf. Sie hätte es nicht zulassen dürfen, dass irgendetwas auf Erden ihre Theaterkarriere beendete. Auch ein Kind nicht. Und Detlev hätte sie ja als Schauspielerin auch nicht fallen lassen, wenn er mit ihr verheiratet gewesen wäre. Das war der springende Punkt. Als seine Frau wäre die Krise zu überwinden gewesen, Detlev hätte ausdauernd mit ihr gearbeitet ... Ihr Reuegefühl schlug um in Zorn. Heutzutage spielte er sich als Gastvater auf. Holte die Tochter in seine Villa, schürte wahrscheinlich heimlichen Neid in dem Kind. Musste Ophelia sich nicht fragen, warum es bei der Mutter so viel weniger großartig zuging?

»Die Eule war eines Bäckers Tochter«, stieß Dagmar rebellisch hervor. Sie biss sich auf die Fingerknöchel. Es sollte das letzte Mal gewesen sein. Sie würde es rigoros verbieten. Schluss mit den Tochterbesuchen in dieser spießigen Stadtrandvilla.

Dagmar ging in der winzigen Küche auf und ab. Der Raum war so schmal, dass sie mit ihren Händen die einander gegenüberstehenden Möbel im Gehen streifen konnte. Kühlschrank – Spüle. Küchenschrank – Herd. Und zurück.

Sie hielt inne, von einer jähen Erkenntnis gestoppt. Es war Betrug. Jawohl, sie wurde betrogen. Um etwas, das sie nicht genau benennen konnte. Woher sonst dieser Groll in ihr, sobald das Kind bei Detlev war.

Dagmar schaute zur Uhr. Noch Stunden, bis Ophelia zurückkommen würde. Sie musste etwas gegen diese Ohnmacht tun. Machtlos warten, während andere lebten: Schluss damit.

Mit raschen Schritten ging sie ins Wohnzimmer. Stand dann aber verlassen im Raum wie an einer menschenleeren Haltestelle. Ihr fiel nichts ein. Diese schleppenden Wochenenden. Wenn sie frei hatte, weil abends im Theater keine Vorstellung lief, waren die Stunden fad und leer. Niemand war für sie da. Der Gedanke an Skule trieb ihr ein hartes Lächeln um den Mund. Dieser hergesiedelte Norweger. Auch er daheim im biederen Nest bei seiner Ehefrau. Und was blieb ihr?

Ophelia. Die Tochter ihr einziger Besitz. Sie war so wild entschlossen, ihn fortan mit niemandem zu teilen, dass sie vor Ungeduld wieder zu wandern begann. Auf und ab im Wohnzimmer, auf und ab. Dagmar zog die Fenstervorhänge zu, knipste Licht an. Ein härteres Trainingsprogramm sollte sie ersinnen, das Kind musste geschmeidiger werden, gefälliger. In Gedanken verglich sie die Tochter mit sich selbst. Als sie in Ophelias Alter gewesen war, hatte sie schon gesprüht. Schon war etwas zu ahnen gewesen von dem Wilden, dem Leuchtenden, das später an ihr bewundert worden war. Nichts davon besaß Ophelia. Doch sie würde es aus ihr herauslocken. Verborgen musste es vorhanden sein; denn Ophelia war ihr Kind und würde ihr gleichen müssen. Man konnte nachhelfen. Den Zweifel, ob Ophelia begabt sei, ließ Dagmar Pauli nicht zu. Was Ophelia nicht hatte, würde sie als Mutter ihr aufzwingen.

Ihr Blick fiel auf die Briefe im Schub, der noch immer auf dem Tisch stand. Detlev hatte sie ihr alle zurückgegeben, als sie sich getrennt hatten. Wollte sie nicht dulden im Heim mit seiner trauten Ehefrau. Waren sie Dynamit, das sein Haus in die Luft sprengen konnte?

Dagmar setzte sich, nahm die Kiste auf den Schoß. Neugierig auf die junge Schauspielerin von einst, begierig, in jene Zeit hinabzutauchen, blätterte Dagmar in den Briefen.

Verjährte Liebe, welk gewordenes Leben. Ja, Blumen auch dazwischen. Gepresster Klee, verschrumpelte Rosen, von denen noch immer ein süßlicher Geruch ausging.

Sie zupfte einen Brief heraus. Las sich in Worte hinein, die in ungestümen Schriftzügen etwas schilderten, an das Dagmar sich sogleich lebhaft erinnerte. Ihr wurde warm, sie atmete beschleunigt. Zusammengefügte Wörter – welche Kraft ihnen innewohnte. Abgelebte Zeit wurde wach. Runde fünfzehn Jahre lag jener gemeinsame Ausflug zurück, den sie tags darauf im Brief für Detlev noch einmal hatte aufleben lassen.

# 5

September. Sie sind am Meer.

Der letzte Tag eines Kurzurlaubs in Ahrenshoop ist angebrochen. Sie bewohnen ein Dachzimmerchen in einem Bauernhaus weitab vom Strand. Sie haben gefrühstückt, das Tablett mit benutztem Geschirr steht auf den ungemachten Betten.

Detlev lehnt ausgehbereit an der niedrigen Zimmertür und wartet auf sie. Er schaut ihr zu. Dagmar ist damit beschäftigt, ihr langes Haar vor dem Spiegel über der Waschkommode zu kämmen.

Während sie es zu Zöpfen flicht, sich dabei von ihm beobachtet weiß, hat sie für einen Augenblick das Gefühl, sich aufzulösen. Nicht gegenstandslos zu werden, sondern in einen anderen Zustand überzugehen. Sie muss an lichtes Wasser denken, ein Waldsee im Frühling, in dessen Mitte ein Stein spritzt. Die Oberfläche des Wassers erzittert, kräuselt sich. Und langsam breiten sich Ringe aus. Ring um Ring kreist zum Ufer des Sees. Lautlose Botschaften ziehen ihre Bahn, und Dagmar empfindet ein bittersüßes Glück, das sie nicht in Worte zwingen kann. Sie hält inne, die Arme erhoben, den Kamm in der Hand, und begegnet im Spiegel Detlevs Blick. Noch einmal der Wurf in die Mitte des Waldsees aus seinen graublauen Augen.

Dagmar öffnet den Mund, will sprechen. Ihm sagen, was eben geschehen ist. Doch sie spürt, wie unangemessen grobschlächtig ihre Worte klingen würden. Und so formt sie hilflos nur seinen Namen, die Stimme rissig und klein.

Als sie aus dem Haus ins Freie treten, überrascht sie ein wundersames Konzert. Aus der Wiese ragt, von Sonne bestrahlt, ein goldenes Trompetenrohr. Ein Junge liegt im hohen Gras und bläst auf der Trompete. Große Schmettertöne, die wie Wolkenfetzen zum Himmel steigen.

»Wenn wir einmal unglücklich sind«, sagt Detlev und greift nach Dagmars Hand, »lass uns an diesen Jubel denken.«

Sie schlendern durch den Ort, wandern am Strand dahin. Das Meer ist ruhig unter mildem Herbstlicht, am wolkenlosen Himmel steht abschiedsschwer die Sonne. Mollstimmung senkt sich auf Dagmar, die Wehmut des Abreisetages ergreift sie zusehends, in ihren Augen schimmern Tränen. »Ohne dich bin ich immer unglücklich. Da hilft keine Trompetenerinnerung.«

Detlev versucht zu trösten. »Sag so was nicht, Dagmar. Du bist doch glücklich, wenn du Theater spielst. Wenn du eine schöne Rolle hast.«

Er leidet auch. Das Versteckspiel vor seiner Frau zermürbt ihn, ohne dass er etwas ändern kann. Mit seiner Frau verbindet ihn tiefe, gute Kameradschaft. Sie kennen einander so lange. Sie haben sich in jeder Situation – in jeder? – aufeinander verlassen können. In jeder eben nicht, wirft er sich bitter vor. Er ist in diese Liebe zu Dagmar gestürzt wie in einen Fluss. Es hat ihn fortgerissen, und nun treibt er jämmerlich dahin, ohne sich wehren zu können. Gleichzeitig weiß er, dass Dagmar Zukunftshoffnungen hegt, die er nie erfüllen wird. Nein, er kann sich nicht von Dietlind trennen, auch seines kleinen Sohnes wegen nicht. Und doch zuckt er immer wieder zurück, sobald Dagmar ihn um eine Entscheidung bittet. Er wagt nicht, eine Zukunft mit Dagmar auszuschließen. Und weiß doch: Es kann sie nicht geben.

Sie hat sich losgemacht, geht ein Stück vor ihm. Vielleicht

weint sie. Er sieht ihren schmalen Rücken vor sich, die zierliche Gestalt mit den schwarzen Zöpfen nach Kinderart, und er sagt bittend: »Du bist so schön, Dagmar.«

Sie dreht sich um, wartet, bis er heran ist. Nein, sie weint nicht. Ihr Gesichtsausdruck ist ernst, gesammelt.

»Du bist auch schön«, sagt sie.

Sie legt die Arme auf den Rücken, verschränkt fest ihre Hände ineinander. Sie muss sich Gewalt antun, nicht hier am Strand über Detlev herzufallen, ihm die Arme um den Hals zu werfen, sein hageres Gesicht, den blassen Mund mit Küssen zu bedecken.

»Ich liebe dich«, sagt sie, »und ich habe mich angekettet und verknotet, damit ich dich nicht hier vor aller Augen auffresse.«

Ein kleiner Hund schoss herzu, bellte an ihnen hoch. Nur widerwillig folgte der Hund einem Mann, der ihn zurückpfiff. Immer noch einmal wandte das Tier den Kopf und böllerte ihnen, lärmende Steinchen, angeberische Beller vor die Füße.

»Siehst du«, sagte Dagmar lächelnd, »der Hund hat den Braten auch gerochen.«

Sie bückte sich, hob eine Muschelschale auf. »Guck mal.«

Auf ihrer ausgestreckten Hand lag das rosafarbene Gebilde, ein flacher, leerer Trichter mit zart gezacktem Rand.

»Wo ist sie hin? Ausgewandert? Was bedeutet es, Detlev? Alles, was ohne Leben ist, scheint Dauer zu haben. Das Haus ist noch da – die Muschel längst vergangen.«

Er zuckte mit den Schultern. »So ist es nun mal. Das Gehäuse bleibt auch nicht ewig. Eines Tages zerfällt es zu Staub.«

Sie schwieg einen Augenblick, dachte nach. »Schöner Trost«, sagte sie dann, als habe Detlev sie beleidigt.

Sie warf die Muschel in den feuchten Ufersand und sah zu, wie die nächste Welle sie sanft überrollte. Im Sog des rückflutenden Wassers bohrte sich das Muschelgehäuse tiefer in den Grund,

Er legte einen Arm um sie, zog sie mit sich fort. Langsam wanderten sie am Strand dahin.

»Du bist so ...«, Detlev suchte nach Worten, die seinen widersprüchlichen Empfindungen angemessen wären. »Du bist so lebendig und so jung, Dagmar. Manchmal leuchtest du regelrecht vor Lebenslust. Du strahlst Mut aus, Freude. Und dann wieder ...«

»Ja? Sag doch.«

»Ich weiß nicht, wie ich's nennen soll. Ein Hang zum Düsteren, Dunklen. Manchmal kommt es mir vor, als wärst du nicht in der Gegenwart. Ja, nicht gegenwärtig. Als wäre eine zweite Dagmar da, die Leiden sucht. Die allem Dahingegangenen nachtrauert. Die in der Vergangenheit lebt.«

Sie hatte ihm still, mit gesenktem Kopf, zugehört. Sie lächelte schwach. »Findest du? Ich weiß nicht, ob das stimmt.«

Dagmar blieb stehen, blickte Detlev fest in die Augen. »Eins weiß ich genau. Dass ich nicht allein sein kann.«

Er hielt ihrem Blick stand, und Dagmar wiederholte flehend: »Ich kann nicht allein sein, Detlev. Ich meine, nicht allein leben. Das würde ich nicht ertragen.«

Detlev nahm ihre Hände in die seinen, umschloss sie fest.

»Ich weiß«, entgegnete er mit einem Seufzen in der Stimme, das vieldeutig war. Er hörte es selbst heraus und hoffte, Dagmar werde es nicht als Zusage nehmen. Hoffte gleichzeitig, sie werde nicht gewahr, wie er sich winde und auswich.

Dagmar nahm's, wofür sie es nehmen musste. Sie küsste ihn rasch und erleichtert. In hellerer Stimmungslage schlug sie vor: »Lass uns essen gehen. Komm, ich lade dich ein.«

Während sie durch den Sand zur Düne hinaufstapften, kam eine leichte Brise vom Meer, fiel ihnen kühl in den Rücken. Dunstschleier verhüllten die Sonne, verdichteten sich innerhalb weniger Minuten zu bleigrauen Wolken. Es war, als habe jemand einen Schalter bedient: so plötzlich änderte sich die Beleuchtung über dem Strand. Dagmar und Detlev blieben überrascht stehen und schauten zurück. Auf dem Meer blitzten kleine Schaumkronen. Ziemlich weit draußen umkreiste ein Möwenschwarm ein Boot. Verloren und unwirklich schaukelte es in der Dünung, als sei es unbemannt aus dem Jenseits getaucht, ein Trugbild der Sinne. Im Grau des Meeres zeichneten uferwärts zwei hellere Streifen sich ab. Zartgraue Bänder der Sandbänke.

Sie lehnten aneinander und schauten.

»Ist das schön«, sagte Dagmar.

Detlev nickte. »So ungefähr. Das meinte ich vorhin. Die andere Dagmar.«

# 6

Verloren in Erinnerungen faltete Dagmar den Brief zusammen, steckte ihn zurück in den Schub. Wie hatte sie sich verändert mit den Jahren. Und nun lebte sie doch allein. Und ertrug es nicht.

Nicht gegenwärtig hatte Detlev sie genannt. In Gedanken fuhr Dagmar ihm wild in die Parade. Wo soll ich denn hin, du Klugscheißer. Ich bin viel zu einsam, um mich in der Gegenwart zu räkeln. Mir bleibt ja nur Vergangenes.

Beschämt rief sie sich zur Vernunft. Das Kind war da. Das Kind war ihre Zukunft, noch konnte sie etwas aus sich machen. Unerwünscht fiel ihr das Kantinengespräch ein, das sie kürzlich mit einer Theatergarderobiere geführt hatte. Vorwurfsvoll hatte die andere sie gefragt, warum sie so abweisend sei. Keinen an sich heranlasse. »Wir sind doch alle eine Gemeinschaft, Frau Pauli. Sitzen im selben Boot, sag ich mal. Und immer kapseln Sie sich ab. Manchmal traut man sich gar nicht in Ihre Nähe, so finster gucken Sie. Die anderen sagen auch ...«

Welche anderen? Was sagen sie? Doch da hatte die Garderobiere gekniffen. Dagmar hatte keine deutlichere Auskunft bekommen.

»Nein, was ich nur sagen wollte: Manchmal hab ich das Gefühl, dass Sie gar nicht da sind. Und dann traut man sich nicht an Sie ran.«

Dagmar fuhr zusammen, als das Telefon läutete. Sie meldete sich atemlos.

Es war Detlev.

– Wir fahren jetzt los. Ich bringe Ophelia im Auto nach Hause.

– Ist gut.

Sie wollte schon auflegen, als der eben gefasste Entschluss ihr in den Sinn kam.

– Du, Detlev. Kannst du mit hereinkommen?

Er zögerte kurz.

– Eigentlich wollte ich ...

Dagmar wartete, dass er seinen Satz beende. Ließ ihn hängen. Schließlich fragte er:

– Ist es wichtig?

– Ich hab etwas mit dir zu besprechen. Es geht um Ophelia.

Sie hörte sein bedrängtes Atmen.

– Muss das unbedingt heut Abend sein?

Brüsk, unterdrückte Enttäuschung in der Stimme, antwortete Dagmar ihm.

– Nein.

Hart legte sie den Hörer auf.

Als zwanzig Minuten später der Türgong geht und Dagmar öffnet, steht Detlev doch mit vor der Tür. Ophelia trägt etwas auf den Armen, ein Paket, hoch aufgewölbt, es ist mit einer Wolldecke zugedeckt. Ihr bang-erwartungsvoller, fragender Gesichtsausdruck lässt Dagmar eine unwillkommene Überraschung ahnen. Misstrauisch fragt sie: »Was hast du denn da?«

Der bittende Blick des Kindes, einschmeichelnde Worte. »Er ist ganz lieb und zahm, Mami. Titus hat ihn mir geschenkt. Er hat ihn selbst aufgezogen, weil er aus dem Nest gefallen war.«

Detlev springt dem Kind vermittelnd bei. »Du wirst doch nichts dagegen haben, Dagmar. Es ist gut für Ophelia, sich um ein Tier kümmern zu müssen. Meinst du nicht?«

Die beiden stehen noch immer im Treppenflur, Dagmar hält die Klinke der geöffneten Wohnungstür in der Hand. Sie blickt auf die Gruppe vor sich, als schaue sie über einen Zaun. Fremd sind ihr Mann und Kind in diesem Augenblick, unwirklich in dem Zusammengehörigkeitsgefühl, das die beiden offensichtlich empfinden. Detlev hat einen Arm um Ophelia gelegt, seine Hand ruht leicht auf der Schulter des Kindes. Und Ophelia vertraut seiner beschützenden Kraft. Ohne ihn würde sie es nicht wagen, den Packen unter brauner Decke so freimütig zu tragen, so selbstverständlich herzuzeigen. Dagmar nimmt das Bild in sich auf, der Anblick schürt die durchlebte Eifersucht aufs neue, facht die Gewissheit, betrogen zu sein. Ohne sich etwas von ihrem inneren Aufruhr anmerken zu lassen, fragt sie kühl:

»Wollt ihr Wurzeln schlagen vor der Tür?«

Sie setzen sich in Bewegung. Detlev schiebt Ophelia vor sich her in die Wohnung, er selbst scheint verlegen bei seinem Eintritt und sagt erklärend:

»Du wolltest mich sprechen. Da bin ich.«

Dagmar schoss durch den Kopf, dass auf dem Tisch noch das Schubfach mit den Briefen stand. Behände wischte sie ins Wohnzimmer, schob das Holzkästchen in die Gleitschienen des Sekretärs.

»Komm rein«, rief sie über die Schulter.

Vor Detlev kam Ophelia mit ihrem Deckenberg. Mit kleinen, vorsichtigen Schritten ging sie durch den Raum, auf die Tür ihres Zimmerchens zu.

»Ich darf ihn in mein Zimmer stellen, ja?«

Dagmar war sich der Anwesenheit des Mannes in einer Weise bewusst, als werde jedes ihrer Worte auf seinen Wahrheitsgehalt geprüft. Als müsse sie für jede unüberlegte Geste eine Korrektur befürchten. Unversehens stand sie auf der Bühne, bewegte sich unsicher im Scheinwerferlicht. Beobachtet, unfähig, leer. Sie würde nicht sprechen können, heut Abend auf gar keinen Fall. Sie musste ihm ihre Entscheidung ein andermal erklären. In erzwungener Ruhe fragte sie Ophelia: »Nun zeig endlich, was du da hast.«

Ophelia ging behutsam in die Hocke, stellte den gewölbten Vogelkäfig auf den Fußboden und nahm die Decke ab. Sprachlos musterte Dagmar den schwarzen Vogel. Der Satz fiel ihr sofort ein, aber sie hütete sich ihn auszusprechen: *Die Eule war eines Bäckers Tochter.*

Sie sagte entgeistert: »Das ist ja eine Krähe.«

»Ein Rabe«, verbesserte Ophelia. »Titus hat ihn gezähmt.«

»Er ist wirklich brav«, schaltete Detlev sich ein.

Dagmar schüttelte den Kopf. Verdrossen sagte sie: »Krähe oder Rabe, meinetwegen. Das ist doch kein Haustier.«

»Doch«, bettelte Ophelia, »der schon, Mami. Bitte!«

Alles in Dagmar sträubte sich gegen einen solchen Hausgenossen. »Er wird stinken«, meinte sie. »Und was frisst er überhaupt?«

»Er stinkt nicht«, beruhigte Detlev. »Ophelia weiß genau, wie sie ihn halten muss. Oder hast du Angst vor ihm.«

Das hatte er nicht gefragt. Hatte es hingesprochen wie eine Unterstellung, die in sich selbst schon lächerlich ist. Dagmar warf Detlev einen hochmütigen Blick zu. Sprich nicht von Dingen, die du nicht verstehst. Von Erscheinungen, die deinem Wesen unbekannt sind, solltest du nicht reden. Du hast deinen klaren Kopf, stehst auf zwei Beinen sicher in der Wirklichkeit. Also halte dich zurück, wo es um anderes geht.

»Bring ihn in dein Zimmer«, sagte sie beiläufig und setzte sich Detlev gegenüber an den Tisch.

Glücklich bugsierte Ophelia den Vogelkäfig in den Nebenraum. Sie schloss die Tür hinter sich, man hörte sie in ihrem Zimmer rumoren.

Während Detlev und Dagmar ein paar belanglose Worte wechselten, kreiselte seine Frage in ihrem Kopf. Hatte sie Angst? Raben sind Unglücksvögel. Unglücksrabe, rabenschwarz. Rabeneltern. Rabenmutter, Rabenvater. Rabenkind. Rabenaas.

Dagmar zwinkerte bedroht diese Wörter weg. Sie hatte nicht zugehört, Detlev schien eine Antwort zu erwarten.

»Entschuldige, ich kann heut nicht darüber reden. Vorhin dachte ich ...«

»Du wolltest über Ophelia ...«

»Ich weiß. Es geht heute nicht.«

Sie sah die leise Verstimmung in seinen Zügen. In seinen hellen Augen las Dagmar Zweifel. Woran? Sie begegneten einander fast täglich im Theater, aber sie redeten kaum miteinander. Detlev war etwas voller geworden, erste graue Haare durchzogen seinen dunklen Schopf. Seine Selbstsicherheit und Ruhe machten ihn zu einem anziehenden Mann. Seit er Schauspieldirektor war, war er sanfter geworden im Umgang mit seinen Kollegen. Detlev war ein geachteter und beliebter Mann am Theater. Für Dagmar, wenn sie während der Proben an ihrem Souffleurpult saß und Detlev mit den Schauspielern ein Stück einstudierte, war die Situation oft unerträglich. Sie sprach halblaut den Text vor – und gehörte doch von Rechts wegen auf die andere Seite des Geschehens. Sollte als Schauspielerin auf der Bühne stehen, erfinderisch, kühn, wandelbar. Nicht jenseits hocken, das Textbuch vor der Nase, konturenlose Sprechmaschine für all die bevorzugten Darsteller. Wusste Detlev eigentlich, was er ihr angetan hatte?

Unversöhnlich beharrte Dagmar auf seiner Mitschuld daran, dass sie nicht mehr auf der Bühne stand.

»Du hörst ja gar nicht zu.«

Detlev hatte sich eine Zigarette angezündet, mechanisch

schob Dagmar ihm einen Aschenbecher über den Tisch. Er legte das Streichholz hinein.

»Du nicht?« Er hielt ihr seine Zigarettenschachtel hin, aber Dagmar lehnte ab.

»Seit heut früh gewöhne ich's mir mal wieder ab.«

Er schmunzelte. »Skule auch?«

Ablehnend verschränkte Dagmar die Arme vor der Brust. Obschon die meisten Theaterkollegen um ihr Verhältnis mit Skule Erikson wussten: Anspielungen standen Detlev nicht zu, ihm am allerwenigsten. Dagmar antwortete herablassend mit einer Gegenfrage. »Willst du es nicht endlich lassen?«

Sein belustigter Blick verschwand. Besorgt schaute Detlev sie an. Dagmar ertrug seine Anteilnahme schwer; sie zweifelte an Detlevs Aufrichtigkeit. Hatte er nicht eben noch gehässig gefragt, ob sie Angst vor dem Vogel habe? Hinter raschem Lidschlag verbarg Detlev, was sie auf dem Grund seiner Augen hätte enträtseln können. Vielleicht wollte er, dass sie Angst habe. Vor ihrem inneren Auge erschien der Vogelkäfig. Dagmar sah das Gittertürchen aufgehen, auf staksigen Beinen schritt die Krähe heraus, der Rabe ... Da sprang kein reißender Tiger aus der Käfigtür, kein brüllender Löwe fiel sie an, kein wilder Panther hob drohend die Tatzen ... Dagmar lächelte in sich hinein. Keinem ihrer Gedanken würde Detlev folgen können, jetzt nicht mehr. Früher einmal vielleicht, als Vernunft ihn noch nicht verdorben hatte, einzementiert.

»Deine Schwester hat mir geschrieben«, sagte Dagmar ablenkend. »Wir werden Ferien auf Elba machen.«

»Ophelia hat es erzählt«, sagte Detlev und drückte seinen Zigarettenstummel im Aschenbecher aus.

Dagmar schluckte. Da war es wieder: Ophelia hatte nichts zu suchen in der fremden Familie, aus der sie Raben und wer weiß welche Gedanken einschleppte, von denen die Mutter vermutlich ausgeschlossen blieb.

»Aha«, machte Dagmar, »dann weißt du's also.«

Beinahe körperlich gewahrte sie ihr Zweifachsein in diesem Augenblick. Steif, feindselig kühl saß sie dem Mann gegenüber, den sie weder mit Vorwurf noch durch Flehen würde erreichen und in verlorene Gemeinsamkeit zurückziehen können. Aber weich, nachgiebig hockte gleichzeitig jene Dagmar im Sessel, die sie nicht zu Wort kommen lassen durfte. Hilf doch, wollte die betteln, weißt du denn nicht, erinnerst du dich gar nicht mehr ... Es darf nicht sein, dass unsere Tage von einst so ganz und gar unwiederbringlich vergangen sind. Gern hätte die verletzte, die hilflose Frau beide Arme über den Tisch geworfen, ihr Gesicht hineingebettet und geweint. Doch die andere, die harte, überlegene Frau hielt sie davon ab, sie verbot es ihr gründlich. Wage es ja nicht, schwach zu werden. Du sitzt nicht dem Träumer von einst gegenüber, der mit dir auf Wolkenjagd ging, die goldene Trompete hörte ...

»Also«, sagte Detlev, »ich geh dann.«

Bevor er aufstehen konnte, schleuderte Dagmar ihm Worte hin. »Gut, ich sage es dir.«

Er blieb auf dem Sprung, sie sah es. Darum überstürzten sich ihre Sätze, aufhalten sollten sie ihn, treffen. Jetzt führte einmal sie Regie, und zu gehorchen hatte er. »Ophelia soll nicht mehr zu dir kommen, ich erlaube es nicht. Es war das letzte Mal heute. Du hast kein Recht, mein Kind aufzuhetzen. Es hinter meinem Rücken auszuhorchen, ihm die bedenklichsten Flausen in den Kopf zu setzen.«

Er wollte sie unterbrechen, setzte zu einer Erwiderung an. Dagmar ließ es nicht zu.

»Jawohl, das tust du!«, rief sie aus und blickte in sein verdutztes Gesicht, das nichts von ihren Anschuldigungen zu begreifen schien. Seine harmlose Miene steigerte ihren Zorn.

»Tu doch nicht so. Du weißt genau, wovon ich rede, ich falle nicht auf deine Unschuldsmiene herein. Verstellen konntest du dich schon immer!«

In grimmiger Genugtuung dieser Vorwurf, an den sie selbst nicht glaubte. Doch Dagmar war nicht aufzuhalten, sie musste verletzen, musste kränken.

»Reicht es dir nicht, dass du mich erledigt hast? Musst du dich nun noch an meinem Kind vergreifen?!«

»Dagmar!« Er war aufgesprungen. »Bist du nicht bei Trost! Du weißt nicht, was du redest!«

Ja, ja, ja – sie war zu weit gegangen, wusste es, hörte es. O, sie konnte gar nicht weit genug gehen diesem Feindmann gegenüber, der sie verraten, der ihr Leben zertrümmert hatte.

»Das willst du nicht hören, mein Schatz, nicht wahr?«, höhnte sie, außer sich vor Ohnmacht diesem bewunderten, in sich ruhenden Mann gegenüber. »Und ob ich weiß, was ich rede. Sieh mich doch an.«

Sie trat einen Schritt auf ihn zu.

»Sieh mich an!« schrie sie und beugte sich ihm entgegen. Ihr Körper schien ein gespannter Bogen, auf dem hasserfüllt ein Pfeil zitterte, bereit, loszuschnellen, zu verwunden. »Sieh an, was du aus mir gemacht hast. Siehst du es?«

Sie trat noch dichter auf ihn zu. Ihre dunklen Augen klagten ihn ungezähmt an. Während sie einzelne Worte hervorstieß, packte sie ihn bei den Jackettaufschlägen. »Einsam. Menschenscheu. Verloren.«

Mit hartem Griff machte er sich von ihr los. »Jetzt wirst du theatralisch.«

Dagmar lachte tief verletzt auf. »Ja, auch das hast du geschafft! Meine Karriere hast du zerstört. Es wird dir noch Leid tun, du. Bitter Leid. Und ich lass nicht zu, dass du es an meiner Tochter wiederholst.«

Sie wusste nicht mehr, was sie sagte.

»Du bist verrückt, Dagmar.« Sein Gesicht spiegelte Ratlosigkeit. Er war verwirrt, er war wütend.

Dagmar warf den Kopf in den Nacken, sie lachte voll böser Befriedigung. »Dass ich dich noch einmal aus der Fassung bringen könnte: Ich hab es nicht geglaubt.«

Detlev schaute an ihr vorbei, unwillkürlich nahmen seine Augen einen warnenden Ausdruck an. Dagmar folgte seiner Blickrichtung. Ophelias Zimmertür war halb geöffnet. Auf der Schwelle stand das Kind, blickte mit erschreckten Augen von einem zum andern. Ob der heftige Wortwechsel sie herbeigerufen; oder ob sie, im Kommen, von dem Streit überrascht und auf die Schwelle gebannt worden war: Jetzt schien Ophelia eingeschüchtert, nicht zu wissen, wohin mit sich. Bleiben, sich zurückziehen? Sie wagte weder das eine noch das andere. Den Blick der Mutter erwiderte sie schuldbewusst.

»Lauschst du?« So leise und freundlich gefragt, dass die Bezichtigung besonders deutlich hörbar war.

Dagmar schüttelte sacht den Kopf, schattenhafte Betrübnis, als könne sie ihren Augen nicht trauen. Sie wandte sich vom Kind dem Manne zu. »Siehst du das? Es ist neu bei uns, musst du wissen. Gelauscht wurde hier nicht, musst du wissen. Wo hat sie das mit einem Male her?«

Dagmar fuhr herum und herrschte das Kind an. »Und hier wird auch künftig nicht gelauscht! Verschwinde!«

Das Kind schreckte zurück, schloss beklommen die Tür. Gleich darauf hörten Detlev und Dagmar unterdrücktes Schluchzen.

Detlev atmete tief ein. Er musste sich zusammennehmen. In seiner Stimme schwang verhaltene Empörung. »Was ist mit dir los, Dagmar? Deine Unterstellungen sind – sind einfach maßlos. Ungeheuerlich. Du glaubst doch selbst nicht, dass irgendwer das Kind gegen dich aufhetzt.«

Ihr hohnvolles Lachen teilte ihm mit, dass sie darüber anderer Meinung war.

»Nein«, fuhr Detlev ärgerlich fort, »du kannst das nicht glauben. Das Kind kann einem Leid tun, wirklich. Wie springst du denn überhaupt mit Ophelia um? Es geht nicht, dass du –«

Dagmar schnitt ihm zornig das Wort ab. »Es reicht. Spar dir deine Predigt!«

Bebend am ganzen Körper, zog sie ein Schubfach des Sekretärs auf. Sie öffnete die angefangene Schachtel und steckte sich eine Zigarette zwischen die Lippen. Ihre Hände zitterten, als sie ein Streichholz anriss, sich Feuer nahm. Im Schein der kleinen Flamme betrachtete Detlev Dagmars aufgewühltes, bleiches Gesicht. Es war wie aus den Fugen geraten, ein Augenlid zuckte nervös. Sein Unwille legte sich, plötzlich tat sie ihm Leid.

»Beruhige dich«, sagte er, »und denke in Ruhe noch einmal darüber nach. Ich bin ganz sicher, dass du dich vergaloppiert hast. Na, komm.«

Er streckte ihr die Hand zum Abschied entgegen. Dagmar verweigerte den Handschlag. Aufrecht und zusammengerafft stand sie vor ihm, die Arme um sich geschlungen, zwischen den Fingern der Linken die glimmende Zigarette. Hochmütig beherrscht ihre Züge, eine kühle Larve, hinter der es kochte vor innerem Aufruhr.

»Wie du willst«, murmelte Detlev und wandte sich zum Gehen, »ich muss los. Tschüs.«

Er ging aus dem Wohnzimmer, und kurz darauf hörte Dagmar die Wohnungstür ins Schloss schnappen.

Da steht sie. Raucht. Raucht wieder, raucht immer noch. Seine Schuld, dass ihr Versuch fehlschlug. Detlevs Schuld auch dies.

Sie löst die heftige Umarmung, hinter der sie sich eingeschlossen hatte. Die Oberarme schmerzen vom hemmungslosen Zugriff, ihre Hände fühlen sich fast betäubt an vor Kälte. Dagmar wirft die Zigarette in den Aschenbecher, ohne sie zuvor auszudrücken. Qualm kräuselt auf, und Dagmar starrt in das graue Gewölk wie blind. Hat sie keinen eigenen Willen? Eigenwillig: Ist sie das nicht? Ich bin aus der Rolle gefallen. Welche Rolle spiele ich denn? Wer hat sie mir auferlegt? Dieser Mann, der eben noch hier war? Von ihm werde ich mir nie im Leben wieder etwas auferlegen lassen.

Wachsam horcht sie auf die Regungen der anderen Frau. Die hockt gekrümmt, hat sich eingenistet bei ihr. Verstört hebt die den Kopf, will reden. Bitten und Bettelworte hält sie bereit. Er ist es doch immer noch, den du geliebt hast. Wie bringst du es fertig, so böse zu sein? Bist du denn zur Wölfin geworden? Musst du alle von dir beißen, die es ein wenig gut mit dir meinen? Treib es nicht zu weit, ach, treibe es nur nicht zu weit. Du selbst schaffst die Kluft, hinter der es dich fröstelt ...

Dagmar droht ihr: Schweig du, ich werd dir die Luft abdrücken. Wisch deine Tränen ab, du Jammerlappen. Willst du nicht endlich erwachsen werden?!

Dagmar schließt der anderen den Mund. Sie sinkt in sich zusammen, kuscht wie ein Hündchen. Ihr banges Winseln erstirbt.

Das ist erledigt.

Dagmar seufzt tief auf. Mit raschen Schritten ist sie bei der Tür zu Ophelias Zimmer, horcht. Kein Laut. Vorsichtig drükkt sie die Klinke, schaut hinein. Das Kind liegt angekleidet auf seinem Bett, es atmet in tiefem Schlaf.

Auf dem Fußboden steht der abgedeckte Vogelkäfig.

# 7

Was dieser Samstag an kleinen Ereignissen gebracht hatte, schien vorüber und vergessen. Ein Tag mehr in der Vergangenheit versunken.

Am späten Nachmittag hatten ein paar junge Leute beschwipst den Leitungsgang ihrer Neubaublocks verlassen. Der Glatzkopf Schmäde hatte Fußball mit einer leeren Bierbüchse gespielt und seinen Schäferhund dem Gekoller hinterdrein gehetzt. Matjes, alkoholermutigt weniger liebesscheu als sonst in der Öffentlichkeit, war eng umschlungen mit seiner Britta die Straße entlanggetorkelt. Doreen hatte sich schmollend, nachdem ihr giftiges Widerstreben eine Ohrfeige vom älteren Bruder eingebracht hatte, nach Hause schicken lassen. Weder vom Schnaps noch vom Bier hatte sie etwas abbekommen. Der kleine Holger hatte versucht, sich zu drücken. Wenn die Flasche auf ihrer Runde in seine Hände gekommen war, hatte er Schnapsschlucken nur vorgetäuscht und angeekelt lediglich genippt. Anders Beule, der Neue in der Runde. Er war überlegen genug, abzulehnen. Weder Alkohol noch Zigaretten. Tut mir Leid, ihr wisst ja, mein verdammter IQ. Ruhig hatte er zugesehen, wie die anderen sich nach und nach betranken.

Kleine Ereignisse, Vergangenheit. Sie hinterlassen Spuren wie ins Fleisch gerissene Splitter. Einige werden unbewusst abgestoßen, andere dringen tiefer. Verursachen manchmal nur ein Missempfinden, ein Pochen unter der Haut. Können aber, wenn sie zur rechten Zeit die verletzbare Stelle treffen, schwärende Wunden aufbrechen lassen.

Die Tage bleiben verregnet, ein kühler Mai. Fröstelnd stehen die roten und die gelben und die geflammten Tulpenkelche im Beet, überzogen von feuchtem Hauch, öffnen sich nicht. Wind peitscht die Zweige des Mandelbäumchens. Oft tritt Dagmar auf den Balkon, eine Strickjacke um die Schultern gehängt, blickt in den Garten hinab. Als habe sie etwas verloren, als suche sie etwas. Sie sieht zu, wie Regen die Erde dunkel färbt. Ungehindert sprießt Unkraut zwischen ihren Blumen. Dagmar kann sich nicht aufraffen, es zu jäten. Es ist zu nass, sagt sie sich. Insgeheim weiß sie, dass es nicht stimmt. Sie könnte wohl, wenn sie genügend Energie aufbrächte. Bisweilen verfällt sie in eine Lethargie, die ihr unheimlich ist. So kennt sie sich nicht. Und so will sie nicht bleiben, sie muss auf der Hut sein. Sie ist achtunddreißig Jahre alt, es ist viel zu früh, sich müde zu fühlen. Sie ist noch immer schön, Skule sagt es ihr, der Spiegel bestätigt es. Was will sie?

Tagelang lässt Dagmar die Tochter gewähren. Sie beobachtet ihr Treiben wie aus sicherer Entfernung, mischt sich nicht ein. Dagmar selbst nicht bewusst, gleicht ihr Verhalten einem Atemanhalten. Einer Spannung, die sich allmählich auflädt. Es wird so nicht bleiben können, und alle scheinbare Ruhe ist nur ein Sich-Sammeln vor dem Tumult.

Ophelia hat ein paar beseligte Tage. Keine Gängeleien von der Mutter, keine Sprechübungen, keine Rezitationen. Das Gymnastikprogramm absolviert sie pünktlich und genau jeden Nachmittag zu Haus auf einer Matte, wie es von der Mutter verordnet ist. Es bedarf keiner Ermahnung. Einmal in der Woche kreuzt das Mädchen zur Übungsstunde im Theater auf. Die Ballettmeisterin, eine Kollegin der Mutter, trainiert eine Kindergruppe. Ophelia steht im schwarzen Trikot, mager wie ein Strich, an der Stange, führt gemeinsam mit anderen Kindern die knappen Befehle aus. Und eins – und zwei – *plier*! Die Meisterin korrigiert mit einem Stöckchen die Haltung der Kinder, schiebt einen Fuß in die richtige Position, klopft gegen ein Kniegelenk, dass es sich auswärts drehe, streckt einen Rücken. Ophelia, am häufigsten in der Gruppe gemaßregelt, merkt es selbst: Sie ist ungeeignet. Ihr Körper will sich nicht zur Schau stellen. Nein, sie möchte überhaupt nicht angeschaut werden. In ihren Armen steckt keine Sehnsucht, Wellen zu formen, Bögen zu schlagen oder Flügeln zu gleichen. Ihre Füße wollen nicht trillern, sich vom Boden heben, springen, schweben – nein, das alles ist ihr wesensfremd. Eher schämt sie sich dieser unnatürlichen Bewegungen. Es ist, als müsse sie unentwegt etwas Falsches sagen, etwas, das sie nicht versteht. Sie wird rot vor Verlegenheit, wenn sie einzeln eine Etüde zeigen muss, die anderen zusehen und über ihre Ungeschicklichkeit kichern. In der Ballettgruppe findet sie keine Freundin. Der Unbegabten schließt sich niemand an.

Ophelia möchte klein sein, unsichtbar. In einer Höhle hocken, vielleicht auch in einem Zelt. Von ihrer Mutter hat sie gehört, dass sie aus dem Alter heraus ist, in dem man mit Kinderkram spielt. Dennoch möchte sie gerade das. Bunte Murmeln haben, sie in ein Erdnest kullern. Mit den Händen in warmen Sand tauchen. Eine Schippe nehmen, Hügel aufwerfen, Gänge graben, Holztierchen auf den Hügeln weiden lassen ... Und eine Freundin wünscht sie sich, die mit ihr spielt und antwortet. Sie ist so viel allein gewesen, Berge von Fragen haben sich gesammelt, die für Erwachsene zu geheimnisvoll sind.

In der Schule ergeht es ihr ähnlich wie im Ballettunterricht. Zu scheu, sich jemandem zu nähern, wartet sie sehnsüchtig auf ein Zeichen. Aber keine der Klassenkameradinnen wirbt um sie. Ophelia hebt sich zu sehr ab von den

Gleichaltrigen. Sie ist zu still, zu hölzern. Ihre Schüchternheit halten die anderen für Hochnäsigkeit. Eingebildete Gans, sagen sie von ihr, hält sich für wer weiß was, weil ihre Alte am Theater ist. Eine Zeitlang wird sie neugierig beobachtet, mit ihrem Namen gehänselt. Dann lassen die Kinder sie einfach links liegen: Die ist langweilig.

Beseligte Tage? Ja – solange die Mutter es zulässt und Frieden hält. Denn Ophelia hat einen Kameraden. Wenn sie heimkommt aus der Schule, ist ihr Rabe da. Rabe nennt sie ihn, das ist Name genug, und seltsamerweise hört der Vogel darauf. Es stellt sich heraus, dass der Vogel keineswegs geruchlos ist. Ophelia säubert täglich seinen Käfig und versprüht Raumspray in ihrem Zimmer. Ihr würde das bisschen Gestank nichts ausmachen, sie tut es der Mutter wegen. Rabe soll die Mutter nicht stören.

Sie bringt ihm Kunststücke bei. Als Erstes lernt Rabe, auf ihrer Schulter zu sitzen und mit ins Heft zu gucken, wenn Ophelia schreibt. Der Vogel ist viel zu schwer, doch Ophelia erträgt das in ihrer Begeisterung darüber, dass Rabe wirklich lesen kann. Mit schräg geneigtem Kopf, sein blankes Auge auf die Zeilen geheftet, verfolgt Rabe den Lauf der Schreibfeder. Als nächstes bringt Ophelia dem klugen Rabe Schnabelreichungen bei, die er rasch und verständig erfüllt. Wenn Ophelia malt, ihre Buntstifte auf dem Tisch verstreut liegen, hockt Rabe dazwischen und schaut zu. Sobald Ophelia die flache Hand ausstreckt und fordert: »Rabe, Stift!«, greift der Vogel mit seinem Schnabel eines der Holzröllchen und schleudert es ihr aufs Zeichenpapier. Lacht sie erfreut auf, weil sie immer wieder staunen muss über soviel Vogelverstand, fällt Rabe krächzend ein und schlägt Radau. Vor seinem scharfen Schnabel fürchtet Ophelia sich nicht. Manchmal zupft er sie am Haar, Schlimmeres tut er nicht. Das ziept und ist auszuhalten.

Mit solchem Zeitvertreib muss Ophelia vorsichtig sein. Rabe gehört in den Käfig, sagt die Mutter. Ophelia kann den Vogel nur frei im Zimmer halten, wenn sie allein in der Wohnung ist. Für den Fall, dass die Mutter einmal überraschend zu unpassender Zeit kommt, hat Ophelia vorgesorgt. Sie hat Rabe eine Strippe ums Bein gebunden, hält ihn an langer Leine. So kann sie ihn bei einer plötzlichen Störung, selbst wenn Rabe hoch auf dem Schrank sitzt, blitzschnell heranfegen und in den Käfig sperren. Rabe mag die Strippe nicht. Manchmal schlenkert er unter Gezeter das Bein und knibbelt mit seinem Schnabel an dem Knoten herum. Doch dann vergisst er es wieder und gibt sich zufrieden.

Dagmar ist ruhelos. Nach der heftigen Auseinandersetzung mit Detlev wartet sie auf etwas, das sich ereignen soll. Was? Sie weiß es nicht. Im Theater geht sie ihm aus dem Weg, so weit das möglich ist. Mitunter fühlt sie seinen fragenden Blick auf sich gerichtet. Aber sie weiß, dass Detlev nicht ihretwegen nachdenklich ist. Ihm geht es um Ophelia.

Ihr auch. Und dass Detlev soviel Anteil an der Tochter nimmt, spornt ihren Ehrgeiz doppelt. Es wird Zeit, die Zügel straffer zu ziehen.

Dagmar beobachtet die Tochter insgeheim. Ihr entgeht nicht, wie liebevoll sie sich mit der Rabenkrähe beschäftigt, diesem Trauervogel. Sie kommt ihr auf die Schliche, erfährt, dass Ophelia ihr Verbot missachtet. Der Vogel bleibt nicht ständig im Käfig. Dagmar greift noch nicht ein. Sie ist erstaunt über den Ungehorsam der Tochter, Ophelia wagt zum ersten Mal, sie zu hintergehen. Das schärft Dagmars Wachsamkeit. Möglicherweise verbirgt das Mädchen noch andere Heimlichkeiten vor ihr. Misstrauisch sieht sich Dagmar in Ophelias Zimmer um, wenn die Tochter nicht zu Hause ist. Sie kann nichts Verdächtiges entdecken. Die Klappliege, in der das Bettzeug steckt. Kleiderschrank. Eine Regalwand mit einigen Büchern, Stofftieren und Puppen und verschiedenen Büchsen und Schachteln. Unter dem Fenster steht ein Schreibtisch mit zwei Schubfächern. Dagmar zieht sie auf, späht hinein. Gummibänder, Stifte, Krimskrams. Unter einem Stapel Papier, den Dagmar behutsam anhebt, Ophelias Tagebuch. Sie selbst hat es der Tochter geschenkt. Dagmar zögert, nagt an ihrer Unterlippe. Bedächtig schiebt sie die Fächer wieder zu. Der Vogel äugt, jede ihrer Bewegungen verfolgend. Sein Bauer steht unmittelbar neben dem Schreibtisch auf einer Kommode. Unangenehm berührt von dem stechenden Vogelblick starrt Dagmar zurück. Sie nähert ihre Hand den Gitterstäben, der Vogel duckt sich und stößt ein warnendes Krächzen aus.

»Scheißvogel«, sagt sie. »Ich dreh dir den Hals um.«

Seit wann steht das denn hier? Auf dem Schreibtisch, gegen einen Blumentopf mit Kaktus gelehnt, das gängige Babyfoto. Ophelia, zwei Monate alt, liegt bäuchlings auf einem Eisbärenfell, den leeren Säuglingsblick zur Kamera gerichtet. Der kleine Mund offen, am Kinn hängt eine dicke, durchsichtige Sabberblase. Das Gesicht gesprenkelt von Pünktchen. Ein leichter Hautausschlag.

Eine Erinnerung, der Dagmar sich entziehen möchte. Verärgert nimmt sie das Foto an sich, sie kann sich nicht entsinnen, es Ophelia gegeben zu haben. Aus diesem Zeitabschnitt will sie nichts wissen. Ophelias Geburt. Das Jahr, in dem sie mit dem Theaterspielen aufhören musste.

# 8

Sie wohnt im zugigen Altbauhaus, ihre Wohnung ist schlecht zu heizen. Dafür ist sie klein und gemütlich eingerichtet. Zweimal in der Woche kommt Detlev, um ihr Kohlen aus dem Keller nach oben zu tragen. Wenn er verhindert ist, springt ein Schauspielkollege ein, der in der Nähe wohnt.

Es ist Mitte Dezember, ein trüber, kalter Tag. Wind jault durch die Straßen, verläuft sich im Hausflur, pfeift durch Fensterritzen und zischt durchs Schlüsselloch der Wohnung herein. Dagmar hat ein Wollplaid um die Schultern gelegt, schwerfällig schleicht sie durch die Wohnung. Vom Wohnzimmer über den Korridor in die Küche, deren Fenster in einen dunklen Hinterhof blickt. Und zurück ins Wohnzimmer. Immer wieder stellt sich Dagmar ans Fenster zur Straße, schaut nach Detlev aus. Er müsste schon bei ihr sein, wenn er die Vormittagsprobe pünktlich beendet hätte.

Dagmar ist in finsterer Stimmung. Ihr Bauch ist nicht mehr zu übersehen. Ihre Rollen am Theater sind umbesetzt worden, ihr bleibt nichts zu tun als abzuwarten. Ihr graut vor den herannahenden Weihnachtstagen, sie wird sie einsam in ihrer Bude verbringen. Wenn sie nur das Kind erst los wäre, das ihr den Atem nimmt. Sie unförmig macht, ihre gesamte Bewegungsfreiheit einengt. Nein, sie kann sich nicht freuen. Sie kann auch nicht mehr verstehen, dass sie freiwillig diese Schwangerschaft herbeigeführt hat. Dagmar wirft sich ihre törichte Hoffnung vor, mit einem Kind Detlev ganz auf ihre Seite ziehen zu können. Das Gegenteil hat sie erreicht. Nach anfänglichem Erschrecken, das Dagmar falsch auslegte, hat

Detlev sich hinhaltend und weiterhin entscheidungslos gezeigt. Und als er schließlich mit seiner Frau gesprochen hatte, war es für eine Abtreibung zu spät gewesen. Detlevs Frau hatte Verständnis gezeigt und ihrem Mann verziehen. Ein Neubeginn wurde besiegelt. Dagmar blieb endgültig allein.

Sie hat geweint, getobt, gebettelt. Detlev hat ihr alle Hilfe versprochen, die zu geben er imstande war. Nur sich selbst verweigerte er fortan.

Enttäuscht lässt Dagmar die geraffte Gardine los und zuckt zurück. Um die Ecke biegt Hannes, den suchenden Blick auf ihr Fenster geheftet. Sein langer Schal weht hinter ihm her, Hannes kämpft gegen den Wind, der an seinem kurzen, grünkarierten Wollmantel zerrt. Dagmar weiß augenblicklich, dass Hannes stellvertretend für Detlev kommt. Ihr Groll richtet sich gegen Hannes. Sie empfängt ihn unfreundlich, mit abweisenden Blicken. Hannes ist die Stufen heraufgestürmt, er steht im halbdunklen Flur keuchend vor Dagmar, kurzatmig grüßt er. »Tag, Dagmar.«

Auf seinem narbigen Gesicht liegt ein Grinsen, das Dagmars Unmut steigert. Hannes' hellgrüner Blick mustert unverhohlen ihren runden Leib.

»Langsam wird's ja«, sagt er, immer noch um Atem ringend.

Dagmar fordert ihn nicht auf, ins Zimmer zu kommen. Wortlos sieht sie zu, wie Hannes sich aus dem Mantel pellt, ihn mitsamt Schal an die Flurgarderobe hängt. Die leeren Kohleeimer stehen bereit, Dagmar schnippt den Kellerschlüssel vom Haken. Bevor Hannes ihn abnimmt, fährt er sich mit beiden gespreizten Händen durch sein dichtes, schwarzes Kraushaar. »Du bist ja rosiger Laune, Sternchen.«

Seine Anrede ärgert Dagmar.

Sie faucht ihn an. »Lass das!«

Hannes, der nach den Kohleeimern greift, hält einen Moment in gebückter Haltung inne. Von unten herauf schaut er ihr ins abweisende Gesicht. »Ich kann nichts dafür, du, dass Detlev plötzlich zum Alten musste. Leitungssitzung, Spielplanbesprechung – was weiß ich. Aber ich soll dich grüßen, vielleicht kommt er abends noch vorbei.«

Er nimmt die Eimer, richtet sich auf.

»Entschuldige«, sagt Dagmar beschämt. Sie lächelt ihn sogar an, denn Hannes hatte ihr ein wenig Hoffnung geschenkt, dass Detlev heute Abend eventuell kommt.

»Siehst ja«, sagt sie selbstkritisch und legt eine Hand an den gewölbten Leib. »Das bringt mich ziemlich aus der Fassung.«

Hannes stellt die leeren Eimer noch einmal ab. Er tritt auf Dagmar zu, streichelt ihr mit dem Handrücken die Wange. »Ich mag dich trotzdem.«

Unwillig stößt Dagmar ihn zurück.

Hannes lacht nur. »Macht nichts, Sternchen. Ich mag dich wirklich.«

Und er trabt ab, die zwei Stockwerke hinunter, in den Kohlenkeller.

Abends saß Dagmar in einem Sessel dicht am Ofen, die Kacheln strahlten nur noch schwache Wärme aus. Es war spät, als Detlev klingelte. Er hatte die Abendvorstellung überwacht und kam unmittelbar nach Stückschluss zu Dagmar. Er weigerte sich, seinen Mantel abzulegen.

»Ich muss sofort wieder los.«

Mit hochgeschlagenem Mantelkragen, die Hände in den Taschen, saß er wie in einer Bahnhofswartehalle Dagmar gegenüber. Detlev verbreitete eine Atmosphäre frostiger Ablehnung.

»Warum bist du überhaupt gekommen?«

Ihre feindselige Frage machte ihn nicht zugänglicher. Dagmar erkannte die Anzeichen schlechten Gewissens, sie mutmaßte das für sie Naheliegende.

»Deine Frau wird ungeduldig, stimmt's?«, fragte sie angreifend. »Du musst pünktlich in der Falle liegen.«

Detlev hob die Schultern, Kinn und Ohren tauchten schutzsuchend in den Mantelkragen ab. »Lass doch. Was soll das jedes Mal?«

Die Last auf seinem Gewissen war ganz anderer Art. Im Leitungsgespräch am Mittag, als es um den Spielplan für die nächste Saison und um Besetzungen gegangen war, hatte er für Dagmar nichts mehr tun können. Es war beschlossene Sache, dass ihr Vertrag nicht verlängert werden sollte. Nein, natürlich würde man sie nicht auf die Straße setzen, eine alleinstehende Mutter mit Kind. Aber als Schauspielerin war Dagmar Pauli an diesem Theater nicht länger tragbar. Obwohl Detlev das zuinnerst einsah, hatte er um eine letzte Chance für Dagmar gekämpft.

»Im Mai fange ich mit den Hamlet-Proben an. Dagmar Pauli ist mit der Ophelia besetzt, das wisst ihr.«

Betretenes Schweigen, jemand grinste. Der Intendant wiegte skeptisch seinen kahlen Kopf.

»Ich bleibe bei meiner Besetzung«, hatte Detlev unnachgiebig verkündet. »Noch hat Frau Pauli einen Schauspielvertrag.«

»Gut«, hatte der Intendant kurz und bündig dieses Thema beendet. »Aber das ändert nichts am Beschluss. Frau Pauli erhält keinen Vertrag als Schauspielerin mehr an diesem Haus.«

Beim Auseinandergehen nach der Sitzung hatte der Intendant Detlev zur Seite genommen. »Das ist unklug, Drews. Sie tun weder sich noch der Pauli einen Gefallen. Und ich muss Sie warnen: die Premiere wird auf gar keinen Fall verschoben. Sie findet im Juli statt – ob mit oder ohne Frau Pauli.«

Detlev warf Dagmar einen raschen Blick zu. Sie lehnte gekränkt am Ofen, die Wange an eine Kachel geschmiegt, schaute sie absichtlich vorbei. Sie sah erschöpft aus, erschöpft und mutlos. Auf keinen Fall durfte sie jetzt erfahren, was am Theater beschlossen worden war. Erleichtert dachte Detlev daran, dass er über diese Dinge gar nicht reden durfte. Hilfreiche Schweigepflicht.

Ohne einen Laut von sich zu geben, begann Dagmar zu weinen. Die Tränen flossen über ihr Gesicht zum Kinn hinab, tropften ihr auf die Brust. In Detlevs Mitleid mischte sich heiße Zärtlichkeit, wie er sie lange nicht mehr für Dagmar empfunden hatte. Seine nächste Regung jedoch bestürmte ihn mit peinvoller Ungeduld. Musste Dagmar ihn derart quälen? Was verlangte sie denn noch von ihm, nachdem er sich offen und ehrlich entschieden hatte? Warum legte sie es darauf an, ihn jämmerlich zu stimmen? Detlev atmete bedrängt auf und fragte voll leisen Vorwurfs: »Warum weinst du denn? Mach es dir und mir doch nicht so schwer, Dagmar.«

Seine Worte bewirkten, dass ihre Tränen heftiger flossen. »Dir?«, schluchzte sie. »Was ist für dich dabei schwer?«

Sie schlug die Hände vors Gesicht, ihre Schultern bebten in hemmungslosem Weinen. Niedergeschlagen wartete Detlev darauf, dass sie sich beruhige. Es war spät, er musste nach Haus. Aber konnte er Dagmar in dieser Verfassung allein lassen? Er entschloss sich.

»Hör zu, Dagmar. Ich hab' etwas für dich.« Er schlug den Mantelkragen herab, öffnete den oberen Knopf.

»Eigentlich darf ich noch nicht darüber reden, bevor der Besetzungszettel aushängt.« Er machte eine Pause. Tatsächlich hatte er den Eindruck, Dagmar höre ihm zu. Detlev betrachtete ihr dunkles Haar, das im Schein der Wandlampe rötlich schimmerte. »Im Mai beginne ich mit den Hamlet-Proben.«

Sie hob den Kopf und wandte Detlev ihr tränennasses Gesicht zu. »Und?«

Er nickte zu ihrer erwartungsvollen Frage. Wich aber ihrem Blick aus bei der Halbwahrheit, die er ihr zu sagen hatte. »Du spielst die Ophelia.«

Sie stand einen Augenblick reglos. Voll Überraschung schien sie den Atem anzuhalten. Detlev schaute ihr ins Gesicht. Aus verschwollenen Augen traf ihn ein Blick voll kindlicher Hoffnung. Ganz so, als brauche sie ihm nur zu vertrauen, und alles könne noch zu einem guten Ende kommen. Verwechselte sie, so rasch getröstet, nicht ihr Leben mit einer ungewissen Bühnenwirklichkeit? Über ihr vom Weinen rotfleckiges Gesicht lief ein Zucken, das einem Lächeln glich.

»Wirklich?«

Als er nicht sofort antwortete, fragte sie eindringlich: »Ist das wirklich wahr?«

»Wenn ich es sage.«

Sichtlich erregt begann Dagmar, im Zimmer auf und ab zu gehen. In völlig veränderter Stimmung fing sie zu rechnen an. »Im März. Anfang März ist das Kind da. Bis Mai – wann, sagst du, beginnen die Proben?«

Sie schaute über die Schulter auf Detlev hin, der sich unbehaglich ihrer frohen Erwartung gegenüber fühlte und danach trachtete, fortzukommen.

»Mitte Mai etwa«, antwortete er und erhob sich ebenfalls. »Ich muss jetzt gehen, Dagmar.«

Sie achtete nicht darauf.

»Da hab ich über zwei Monate Zeit«, rief Dagmar aus. »Mensch, zwei Monate! Figürlich bin ich dann längst wieder fit. Und den Text lerne ich vor.«

Dagmar blieb vor ihm stehen. »Davon kann ich die nächsten Wochen leben«, sagte sie überzeugt. »Du kannst dir nicht vorstellen, wie ich mich freue. Das wird die Rolle meines Lebens.«

Sie umarmte ihn heftig und fing wieder an zu weinen.

»Ich freu mich so«, sagte sie unter Schluchzen. »Danke, Detlev.«

Er musste aus dieser Umarmung und aus diesem Haus entkommen. So schnell es irgend möglich war. Seine halbherzige Niedertracht – aber hatte er nicht für Dagmar viele gute Worte eingelegt beim heutigen Besetzungsgespräch – lag ihm schwer im Magen.

Er löste ihre Arme von seinem Hals, und es hätte seines festen Griffes gar nicht bedurft. Denn Dagmar war aus Freude und Zuversicht fügsam.

»Komm gut nach Hause, Detlev.«

# 9

Dagmar konnte wirklich von diesem Trost leben.

Wenn während der folgenden Wochen Niedergeschlagenheit sich ihrer bemächtigte, Angst vor einer ungewissen Zukunft allein mit dem Kind sie bedrückte, dachte sie an ihre versprochene Rolle. Sie beschäftigte sich damit wie zuvor mit keiner anderen Aufgabe. Sie las außer dem Hamlet mehrere Shakespeare-Dramen, sie besorgte sich aus einer Bibliothek historische Literatur zur Geschichte des Dänenkönigs, befasste sich mit zeitgeschichtlicher Kostümkunde. Sie hatte Detlev dazu überredet, ihr ein Hamlet-Exemplar nach seinen Vorstellungen einzustreichen. Sie lernte nach dieser Strichfassung ihre Rolle und ihre Stichworte auswendig. Und in ihr Krankenhausgepäck, das sie zur Entbindung in die Klinik mitzunehmen gedachte, schob Dagmar ihr Hamlet-Textbuch. Sie vertraute fest darauf, mit dieser Rolle einen entscheidenden Schritt in ihrer Theaterlaufbahn voranzukommen.

Anfang März hält der Winter die Stadt noch in eisigem Griff. Am Geäst kahler Bäume glitzern dicke Reifschichten. Als Dagmar entbindet, stieben dichte Schneeschleier vor den Fenstern der Frauenklinik zur Erde. Nebelgraues Licht fällt ins Zimmer, Dagmar blickt erleichtert in das winzige Gesicht ihres Kindes. Noch empfindet sie gar nichts für dieses Geschöpf. Ist nur dankbar, vom peinigenden Geburtsschmerz erlöst zu sein.

»Ein Mädchen«, wiederholt sie schwach und in fragendem Tonfall die Worte der Hebamme, so überzeugt war sie gewesen, einen Jungen zur Welt zu bringen.

»Ophelia«, murmelt sie und zwingt damit die Vorsehung, auf ihrer Seite zu sein, es gut mit ihrem weiteren Lebensweg zu meinen. »Sie soll Ophelia heißen.«

Als Detlev von dem Namen erfährt, ist er peinlich berührt. Dagmars Theaterkollegen ergeht es ähnlich. In der Klinik verdrehen ein paar Schwestern die Augen: Eben eine vom Theater, verrückt.

Nachdem Dagmar mit dem Säugling aus der Klinik entlassen und wieder zu Hause in ihrer kleinen Wohnung ist, bemächtigt sich ihrer eine seltsame Rastlosigkeit. Bevor das Kind zur Welt kam, hatte sie so gar keine Vorstellung davon gehabt, wie ihr Leben sich nach der Geburt gestalten würde. Nun findet sie sich wie betäubt von einer ununterbrochenen Anwesenheit, die sie Tag und Nacht beansprucht. Die ihr ungewohnte neue Pflichten auferlegt, denen sie sich nicht entziehen darf. Einerseits rührt sie die Hilflosigkeit des kleinen Wesens, seine Verletzbarkeit flößt ihr Scheu, mitunter sogar Angst ein. Andererseits sitzt verhaltener Groll in ihr, eine zusammengekauerte Katze mit eingezogenen Krallen, die scharf beobachtet. Soll das jetzt so bleiben: Erst der kleine Mensch, dann sie? Unablässig Forderungen, denen sie entsprechen muss? Maßlose Ansprüche bis in ihren Schlaf hinein? Zugleich ist Dagmar sich des Rollenmusters bewusst, das sie zu erfüllen hat. Eine Mutter liebt ihr Kind über alles. Also liebt sie ihr Kind in aller Strenge des Gebotes. Sie hebt und windelt und bettet es mit festen sachlichen Griffen. Lässt es ihm an nichts fehlen, außer an zärtlichen Klapsen, an spielerischem Kitzeln. Wenn Dagmar ihr Baby küsst, stört sie der warme Milchgeruch, der dem kleinen Körper entströmt. Sie muss sich rasch abwenden. Dennoch lässt sie das Kind flüchtige Mutterpflichtküsse nicht entbehren. Sie liebt ihr Kind – wenn auch nicht über alles. ›Über alles‹ kommt ihr heuchlerisch vor, sie findet die Floskel verlogen, sogar unmenschlich. Etwas

Instinkthaft-Tierisches haftet ihr an, das Dagmar für sich ablehnt.

Befremdet beobachtet Dagmar, wie sich mit den Wochen das Äußere ihres Kindes verändert. Keinerlei Ähnlichkeiten stellen sich ein. Detlev ist wie sie selbst, schwarzhaarig. Er hat blaue Augen, einen brünetten Teint. Er ist ein sehr gut aussehender Mann. Die Augenfarbe des Babys ist noch unbestimmbar. Doch Dagmar scheint eine vage Ahnung davon zu haben, dass sie später einmal von verwaschenem Graublau sein wird. Und rote Haare sprießen dem Kind. Wo kommt dieses matte, mohrrübenfarbene Rot her?

Detlev ließ sich nur selten bei Dagmar sehen. Er erschien zu kurzen Pflichtbesuchen, half Dagmar in der ersten Zeit bei Behördengängen und nötigen Einkäufen. Alimente zahlte er pünktlich. Er war es auch, der sich um einen Krippenplatz für das Kind bemühte. Er nahm freundlichen Anteil an dem Kind. Nicht wie sein Vater; eher wie ein herzlicher Onkel, der seiner Nichte wohl will.

Zu Dagmar sagte er: »Einen reizenden Kobold hast du hervorgebracht. Ich wette, sie fährt später zur See mit ihrem Rotschopf. Oder sie wird Hauptmann einer Räuberbande.«

Er schäkerte mit dem Baby, bis es sein Gesicht zu einem angestrengten Lachen verzog.

»Nur den Namen hättest du ihr nicht geben sollen, Dagmar. Der passt wie die Faust aufs Auge.«

Dagmar verteidigte sich. »Titus ist auch nicht besser.«

Dazu schwieg Detlev, was hätte er sagen sollen. Ihm war voller Unbehagen klar, dass Dagmar mit der Namensgebung eine Zukunft hatte beschwören wollen, über die schon anders entschieden worden war.

# 10

Als im Mai die Hamlet-Proben begannen, war Dagmar ganz in der Form, die sie von sich erwartet hatte. Schlank und biegsam wie vor ihrer Schwangerschaft, die Stimme gut trainiert, den Text ihrer Rolle konnte sie auswendig. Nur zum Schein hielt sie während der Stellproben ein Textbuch in der Hand. Es sollte nicht auffallen, wie gut sie bereits vorbereitet war.

Um das Kind brauchte Dagmar sich nicht zu kümmern. Sie hatte es in einer Wochenkrippe untergebracht und holte es nur über die Wochenenden nach Hause. Vorstellungen spielte sie noch nicht, konnte also an den Sonntagabenden zu Haus sein. Und Detlev richtete es so ein, dass sie samstags nicht zu Abendproben ins Theater musste. Das würde erst während der Endproben nötig sein – bis dahin war viel Zeit.

Mit den Stückproben begann die ernsthafte Arbeit für Dagmar. Detlev war verblüfft, wie gut es lief. Dagmar arbeitete mit solcher Hingabe, wie er es zuvor nicht an ihr erlebt hatte. Als sei ein Bann gebrochen. Als habe es nur dieser Rolle bedurft, eine mittelmäßige Schauspielerin aus der Reserve zu locken. Sie zu ihrer Bestleistung anzuspornen. Dennoch: Da blieb ein privater Rest, den Dagmar nicht abzustreifen vermochte. Nein. Sie überzeugte nicht.

Bald nach Beginn der Szenenproben saß regelmäßig eine junge Frau im Zuschauerraum. Während der Pausen, wenn Regisseur und Regieassistent und Schauspieler in der Kantine saßen, etwas tranken und rauchten, hielt sich die junge Frau scheu zurück. Stand allein neben der Pförtnerloge und rauchte. Meist hält sie die Arme fröstelnd verschränkt, als sei ihr kalt im sonnig warmen Mai. Am zweiten Tag ihrer stummen Anwesenheit stellt der Intendant sie offiziell dem Ensemble vor. Eine Schauspielerin, die für die nächste Spielzeit engagiert worden war und zum Kennenlernen den Probenprozess verfolgen sollte.

»Du musst doch davon gewusst haben«, äußerte Dagmar verblüfft Detlev gegenüber.

»Na sicher. Ich hab dir doch davon erzählt, dass wir sie uns in einer Vorstellung außerhalb angeschaut haben.«

Ja, das hatte er, Dagmar erinnerte sich jetzt. Aber sie hatte nicht gewusst, dass es auch zu einem Engagement gekommen war.

»Und?«, fragte sie halblaut, während sie von der Bühne herab die Kollegin im Zuschauerraum musterte. »Welches Fach soll sie spielen?«

Deins, hätte Detlev ehrlicherweise antworten müssen, denn als Ersatz für Dagmar war die Neue engagiert worden. Doch Detlev zuckte mit den Schultern, murmelte so etwas wie eine vage Vermutung: »Die ganz Jungen eben.«

Und Dagmar war ahnungslos. War sich gerade jetzt während der erfolgreichen Probenarbeit ihrer Sache so sicher, dass sie keinen Verdacht schöpfen konnte. Sie betrachtete die junge Kollegin im Zuschauerraum mit wohlwollenden Blicken. Eine schlanke, mittelgroße Frau, deren schulterlanges blondes Haar matt herauf leuchtete.

Ohne Argwohn flüsterte Dagmar Detlev zu: »Sie könnte eine Luise Millerin sein. Eine Laura. Hoffentlich überschneiden wir uns nicht, was meinst du?«

Detlev überhörte ihre Frage, peinvoll bedrängt von Dagmars treffsicherer Vermutung. Der augenblickliche Zustand war unhaltbar, er spürte es. Und nachdem er selbst es soweit hatte kommen lassen, konnte er nichts weiter tun, als möglichst nicht daran zu denken, vorläufig zu vergessen.

Eines Vormittags während der Probe wurde Dagmar zum Pförtner ans Telefon geholt. Der Anruf kam aus der Krippe. Ophelia sei erkrankt, wegen möglicher Ansteckungsgefahr für andere Säuglinge müsse Dagmar das Kind sofort aus der Krippe nehmen.

Detlev beurlaubte sie für den Rest des Tages, und Dagmar hetzte los. Nachdem sie mit dem Kind beim Arzt gewesen war und die roten Pusteln auf Gesicht und Körper sich als harmlose Ernährungsstörung herausgestellt hatten, nahm man Dagmar das Kind in der Krippe nicht wieder ab. Erst solle sie zu Haus dafür sorgen, dass der Hautausschlag verschwinde.

Zwei Tage blieb Dagmar mit dem Baby in der Wohnung und gab sich alle Mühe, das Kind zu pflegen. Doch die ganze Zeit über trieb Unrast sie um, das Gefühl, im Theater etwas Entscheidendes zu versäumen. Obwohl Detlev ihr versprochen hatte, ihre Szenen vorläufig auszusparen, um sie später desto intensiver zu proben, war Dagmar friedlos. Schließlich hielt sie es nicht länger aus. Am dritten Tag wickelte sie das Kind sorgsam ein, verfrachtete es samt aller Dinge, die es für die Vormittagsstunden brauchen würde, in den Kinderwagen. Und pünktlich zu Probenbeginn erschien Dagmar im Theater. Sie schob den Kinderwagen in ihre Garderobe, wo Ophelia Ruhe hatte und ab und an jemand nach ihr sehen würde.

Detlev hatte gestutzt, als er Dagmar hatte das Theater betreten sehen. Er hatte ihr kurz zugenickt und war eilends in Richtung Bühne geflüchtet. Ganz so, als jage er vor Probenbeginn einem plötzlichen Regieeinfall nach, den er nicht aus den Augen verlieren dürfe. Während Dagmar noch damit beschäftigt war, das Kind unterzubringen, wurden über Lautsprecher die Darsteller zur Bühne gerufen. Dagmar hörte die vertraute Stimme der Inspizientin die Szene ansagen und die Namen der Schauspieler nennen. Dagmar lauschte mit offenem Mund. Sie verstand nicht. Es war eine ihrer Szenen, aber ihr Name wurde nicht genannt. Obwohl sie die Inspizientin begrüßt hatte und auch Detlev wusste, dass sie im Haus war.

Beklommen setzte Dagmar sich in den Zuschauerraum. Verwundert nahm sie wahr, dass auch der Intendant dort lehnte, der sonst erst zu den Endproben erschien. Dagmar redete sich ein, dass während ihrer Abwesenheit die neue Kollegin eingesprungen sei, ihre Rolle markiert habe. Doch ihr Herz schlug Alarm. Und als sie die fremde junge Frau die Szene betreten sah, erkannte Dagmar eindeutig: Dort wurde nicht markiert. An der Rolle war gearbeitet worden. Die andere dort oben spielte die Ophelia.

Fassungslos schaute sie zu, während ihr Herz wild klopfte. Die blonde Frau auf der Bühne ging die gleichen Gänge, die Dagmar probiert hatte, gab den Rollentext in Sprechmelodie und Rhythmus, wie Dagmar es geprobt hatte.

Dagmar erhob sich leise von ihrem Klappsitz und näherte sich dem Intendanten. »Was soll das?,« flüsterte sie erregt. »Alterniert sie mit mir? Warum hat man mir – «

Mit erhobener Hand gebot der Intendant Schweigen. »Darüber reden wir nachher«, sagte er halblaut.

Dagmar saß wie betäubt. Die Probe zog sich hin. Während einer Unterbrechung stahl Dagmar sich aus dem Zuschauerraum, um nach dem Kind zu sehen. Das Baby schlief. Dagmar starrte auf das rotfleckige Gesicht des Kindes im Wagen. Warum bist du krank geworden? Warum hast du mir das angetan? Sie haben mich hintergangen.

Stöhnend richtete sie sich auf. Sie musste sich getäuscht haben, das durfte einfach nicht wahr sein. In der Probenpause versuchte Dagmar, Detlev zu erwischen. Doch sowohl er als auch der Intendant waren verschwunden. Als Dagmar die Kantine betrat, verstummte das Gespräch der Kollegen. Nur, um kurz darauf betont harmlos und lärmend wieder fortzuplätschern. Von der blonden Neuen fing Dagmar einen seltsamen, halb mitleidigen Blick auf.

Dagmar lachte gezwungen auf, ließ sich salopp auf einen Stuhl fallen.

»Was ist eigentlich los?«, fragte sie in gespielter Gleichgültigkeit. »Da bleibt eine geplagte Mutter ein paar Tage daheim bei ihrem kranken Kind, und schon wird sie ausgebootet?«

In das betretene Schweigen hinein lachte Dagmar abermals, doch niemand stimmte ein.

Es war Hannes, der sie aus dieser Situation befreite. Die Kantinentür öffnete sich, Hannes streckte seinen kraushaarigen Kopf herein und schaute sich suchend um.

»Dagmar, kommst du mal.« Er winkte sie ungeduldig heraus. »Die Kleine weint.«

Hannes vor ihr her, schwenkten sie an der Pförtnerloge vorbei den Gang hinab um die Ecke, blieb Hannes horchend vor Dagmars Garderobentür stehen. Er hob einen Zeigefinger: kein Mucks zu hören.

»Eben hat sie geweint«, versicherte Hannes.

Behutsam drückte er die Klinke, schob sich vor Dagmar in den Raum. Das Kind lag ruhig und schlief.

Dagmar schloss die Tür, bevor sie, den Blick noch immer prüfend auf den Kinderwagen geheftet, Hannes halblaut fragte. »Was läuft hier, Hannes? Wieso spielt Frau Bellag meine Rolle? Hat Detlev mit ihr geprobt?

Hannes blickte sie skeptisch an. Dann nickte er. »Ja, Frau Bellag studiert die Rolle mit.«

Dagmar wurde blass. »Und warum weiß ich nichts davon? Wer hat das entschieden?«

»Du, das weiß ich nicht. Der Alte, glaub ich.«

Sie verschränkte die Hände ineinander, ihr Blick irrte zum Fenster. Draußen war goldener Mai.

»Wär ich doch nicht zu Haus geblieben«, sagte sie voller Reue und dachte an die Stunden, die sie voll geheimer Unruhe in der Wohnung verbracht hatte.

Hannes tröstete sie ungeschickt. »Damit hat das gar nichts zu tun, Dagmar. Frau Bellag war von Anfang an mit der Rolle besetzt.«

Als er ihren entgeisterten Blick sah, schwächte er fragend ab. »Oder?«

Er hatte sich verraten, konnte nichts zurücknehmen.

Dagmars Stimme überschlug sich vor Zorn. »Seit wann weißt du das? Wer wusste sonst davon?«

Das Kind begann zu schreien. Dagmar stürzte zum Wagen, rüttelte daran. »Sei still!«, rief sie unbeherrscht aus. »Sei du ja still, du!«

Das erschreckte Kind brüllte umso lauter.

Ohne Hannes' Antwort abzuwarten, lief Dagmar aus der Garderobe. Hannes hörte ihre eiligen Schritte sich den Gang hinab entfernen, während er versuchte, das Baby zu beruhigen.

An der Pförtnerloge wurde Dagmar aufgehalten.

»Frau Pauli!« Der Pförtner hatte das Logenfenster aufgeschoben und ihr nachgerufen. »Der Intendant erwartet Sie in seinem Büro.«

Zehn Minuten später saß Dagmar in einem tiefen Sessel vor dem Schreibtisch des Intendanten und versuchte, das Zittern ihrer Hände vor den listigen braunen Augen zu verbergen, die sie kurz und kühl musterten. Der behäbige Mann strich sich mit einer Hand über seinen kahlen Schädel und schwieg beharrlich. Vor sich auf dem Tisch hatte er einen Ordner mit Papieren liegen, offenbar ihre Personalakten. Der Mann ließ sich Zeit mit Lesen und Blättern. Schließlich klappte er die Mappe zu.

»Tja, Frau Pauli«, sagte er und seufzte.

Dagmar räusperte sich nervös.

Der Intendant lehnte sich zurück und fixierte einen Punkt an der Zimmerdecke.

»Wir bereiten eine Hamlet-Aufführung vor«, sagte er sinnend, als sei ihm diese Neuigkeit soeben durch nachhaltiges Grübeln in den Sinn gekommen, »und ich habe Sie neulich auf einer Probe gesehen.«

Er legte seine Hände auf der Schreibtischplatte übereinander, beugte den Oberkörper über die Tischkante. Sein Blick ruhte auf Dagmar.

Stimmt. Dagmar erinnerte sich, und ihr Herz schlug rascher. Hatte der Intendant also erlebt, wie gut sie als Ophelia werden würde? Erwartungsvoll entgegnete Dagmar: »Ja?«

Nüchtern warf er hin: »Ich hab Bauchschmerzen dabei.«

Verständnislos wartete Dagmar auf eine Erklärung.

»Sicher haben Sie es selbst längst gemerkt«, fuhr er ungerührt fort. »Sie kommen mit der Rolle nicht zurecht.«

Ihrem fassungslosen Blick begegnete er mit nachdrücklichem Kopfschütteln.

»Das wird so nichts, Frau Pauli.«

Sie schluckte. Stammelte dann: »Aber – aber ganz im Gegenteil. Herr Drews sagt selbst –«

Er unterbrach sie kalt. »Der Regisseur ist befangen, das wissen wir, Frau Pauli.«

Dagmar ballte die Hände, beherrschte sich mühsam. »Das ist nicht wahr«, brachte sie hervor. »Auch die Kollegen haben es gesagt. Ich bin besser als in jeder Rolle zuvor.«

»Mag sein. Aber was heißt das schon, Frau Pauli? Machen wir uns nichts vor: Sie haben in keiner Rolle überzeugt.«

Er schlug wieder die Akte auf, blätterte darin. »Drei Jahre sind Sie jetzt bei uns engagiert. Sie hatten mehrfach die Möglichkeit, Ihr Talent unter Beweis zu stellen. Leider ... ich bedaure das sehr, Frau Pauli ...«

Und nach einer verhängnisvollen, kurzen Pause bekam Dagmar zu hören, was man bereits über sie beschlossen hatte. Kein weiteres Engagement als Schauspielerin in diesem Haus – selbstverständlich hatte sie die Freiheit, sich an einem anderen Theater zu bewerben. Umbesetzung der Ophelia mit sofortiger Wirkung.

»Kümmern Sie sich nur in aller Ruhe um Ihr Kind, Frau Pauli. Es scheint anfällig zu sein, wird vielleicht öfter mal krank ...«

»Mein Kind ist nicht krank!« rief sie verzweifelt aus. »Das war eine Kleinigkeit, ich kann es in den nächsten Tagen wieder in die Krippe geben.«

Der Intendant lächelte besserwisserisch. »Bei so einem Wurm kann immer was sein, Neugeborene werden schnell mal krank, glauben Sie mir.«

Ihren Ansatz zum Protest erstickte er mit einer herrischen Handbewegung. »Keine Sorge, Frau Pauli. Selbstverständlich setzen wir Sie mit Ihrem Kind nicht auf die Straße.«

Er unterbreitete Dagmar das Angebot, mit Beginn der neuen Spielzeit als Souffleuse zu arbeiten. »Ihnen als Schauspielerin brauche ich nicht zu sagen, welche verantwortungsvolle Aufgabe das ist.«

Hilflos klammerte Dagmar sich an nutzlose Argumente. »Aber Sie sagen es selbst: Ich bin Schauspielerin! Die Ophelia ist meine Rolle, Sie werden sehen, wie ich die schaffe! Bitte, nehmen Sie mir diese Rolle nicht weg, ich werde beweisen –«

Der Intendant beendete das Gespräch, indem er den Aktendeckel zuklappte und sich aus seinem Sessel erhob. »Überlegen Sie sich mein Angebot. Sagen wir, eine Woche Bedenkzeit.«

Ungerührt von ihren Tränen begleitete er Dagmar zur Tür. »Beruhigen Sie sich, Frau Pauli. Bitte.«

»Das lasse ich mir nicht gefallen«, schluchzte Dagmar verzweifelt und ganz und gar hoffnungslos. »Ich gehe zur Gewerkschaft, ich klage …«

»Das steht Ihnen frei«, erwiderte der Intendant förmlich und öffnete auffordernd die gepolsterte Tür ins Vorzimmer.

Tränenblind durchquerte Dagmar das Büro der Intendanzsekretärin, eilte die Treppe hinab und lief gesenkten Kopfes an der Pförtnerloge vorüber. In ihrer Garderobe angekommen, schlug sie die Tür hinter sich zu und lehnte sich mit dem Rücken dagegen. Sie weinte in ohnmächtigem Zorn.

Als habe das Kind nur darauf gewartet, Dagmars Stimme zu vernehmen, stimmte es augenblicklich brüllend ein.

Der schrille, wütige Ton des Babyquarrens traf Dagmar wie das Triumphgeschrei eines kleinen Tieres. Sie hielt inne. Schnell trat sie zum Kinderwagen, stützte sich zu beiden Seiten auf den Wagenwänden ab, beugte sich nach vorn. Während sie in das rote, schreiende Gesicht blickte, näherte sie sich langsam dem Kind. Als spüre es ihren schweren, lastenden Schatten, fuhr es mit beiden kleinen Fäusten in die Luft. Dagmar umschloss mit einer Hand die boxenden Fäuste, presste sie so fest, dass das Kind vor Schreck zu schreien vergaß. Den gesamten Körper des Kindes durchzuckte es, als Dagmars böses, atemheißes Flüstern sich über das rotfleckige Gesicht ergoss.

»Weißt du, was du mir eingebrockt hast, kleines Scheusal? Nie im Leben vergess ich dir das. Nein, nie. Sie schicken mich in den Kasten!«

Würgte bitter an dem Wort, dass es ihr selbst in den Ohren klang wie Knast. Als das Kind zu wimmern begann, lockerte Dagmar ihren Griff, gab die kleinen Fäuste frei.

»Ophelia«, flüsterte sie mit verächtlichem Lächeln und schlug sich mit der Hand vor die Stirn. »Ich verdammte Idiotin!«

Sie wusch sich das Gesicht mit kaltem Wasser, tränkte die verweinten Augen in ihren Handmulden. Das Kind war verstummt. Mit plötzlich schlechtem Gewissen näherte sich Dagmar dem Wagen, schaute hinein. Das Kind sah sie an, und Dagmar erschrak. Sie forschte in den ausdruckslosen Babyaugen nach einem Zeichen von Erkennen. Unmöglich konnte das Kind etwas von dem begriffen haben, was sie in ihrer Bitterkeit soeben geäußert hatte. Sich selbst beruhigend, schüttelte Dagmar den Kopf. »Ach, wo.«

Sie konnte dem Kind beweisen, dass seine Mutter nichts Arges mit ihm im Sinn hatte. Fand sie es nicht, trotz der Pusteln im Gesicht, wert und niedlich genug? Am Nachmittag desselben Tages suchte Dagmar mit Ophelia ein Fotoatelier auf. Der Fotograf legte die Kleine bäuchlings auf ein Eisbärenfell. Und dem Baby, das den leeren Säuglingsblick auf die Kamera richtete, troff Speichel aus dem offenen Mund. Am Kinn hing eine dicke, durchsichtige Sabberblase. Ein Effekt, auf den der Fotograf stolz war. Bei jedem Baby wieder.

# 11

»Eij, Glatze.«

Der Hund stellte die Ohren auf, als er seinen Namen nennen hörte und blickte seinem gestiefelten Herrn von unten herauf ins Gesicht. Er lag vor der Rundbank, auf der Schmäde saß, eine aufgerissene Bierbüchse in der linken Hand. Diese Bank zog sich um einen Baumstamm herum und stand im großen Hofgeviert, das von den fünfgeschossigen Plattenbauten umgeben war.

Schmäde lehnte, die Beine weit von sich gestreckt, mit dem Rücken am Baumstamm. Die Ärmel seines schwarzen Hemdes hatte er bis zu den Ellenbogen hinauf hochgekrempelt. Ab und an nahm er einen Schluck aus der Bierbüchse. In seiner rechten Hand hielt er eine lange, elastische Gerte, die er von einem der Büsche im Hof gerissen und entblättert hatte. Mit der Gertenspitze peitschte Schmäde leicht den trockenen Boden, sodass kleine Staubwolken aufstoben. Sie stiegen dem Hund in die Nase, und der Hund nieste.

»Prost, Glatze.« Schmäde grinste. Er kitzelte die Hundeohren mit dem Zweig, bis Glatze nach der Gerte schnappte. Schmäde zog dem Hund einen Hieb über die Schnauze.

»Na, na, Freundchen. Wat soll'n det?«

Das Tier jaulte verhalten, legte seine Schnauze auf die Vorderpfoten und gab Ruhe.

»Na also«, brummte Schmäde.

Er lehnte den kahlen Kopf gegen den Stamm, schloss die Augen, gab sich der wärmenden Maisonne hin. Die halb geleerte Bierbüchse stellte er neben sich auf die Bank.

Vom Balkon her, aus sicherer Entfernung, beobachtete Ophelia den grobschlächtigen Jungen. Sie verbarg sich hinter dem Rankgewirr des Knöterichs. Sie war zusammengezuckt, als der Junge den Hund geschlagen hatte. Es war eine Woche her, seit Matjes sie zur Straßenbahnhaltestelle begleitet und aufgefordert hatte, zu ihnen hinauszukommen, wenn die Gruppe sich traf. Sie wollte. Aber ob sie es wagen würde? Der Glatzkopf dort auf der Bank flößte ihr Furcht ein. Auch sein Hund. Und Matjes kam ihr ebenfalls nicht ermutigend vor. Wenn er einen anguckte mit diesem geduckten Blick: das war wie mit Messer und Gabel auf einen los. So ein Unsinn, er hatte doch das hübsch wippende Haar, das sich nach außen bog. Und die krummen Beine – wie sollte er da gemein werden können? Und eine Freundin schien er auch zu haben – das blondierte Mädchen, das mit in ihrem Hausaufgang wohnte.

Schmäde blinzelte, hob den Kopf. Einen Augenblick meinte Ophelia, er habe sie hinter der Knöterichwand entdeckt und sein Blick gelte ihr. Doch als Schmäde zu einem Fenster des Nachbarhauses hinaufpfiff, wusste Ophelia es besser. Dort wohnten Doreen und Mathias Fuchs.

Ihre spontane Regung, sich über die Balkonbrüstung zu lehnen und ebenfalls zum Fuchs-Fenster hinaufzuschauen, unterdrückte Ophelia. Sie verhielt sich still und lauschte den Zurufen der Jungen. Ungeniert laut unterhielten sich die beiden, jeder rings im Wohngeviert konnte es hören.

»Mann, wo bleibste denn? Bis du dein' Arsch herbewegst, is Weihnachten. Det Bier wird warm.«

Schmäde zog unter der Bank eine bedruckte Plastetüte hervor, schwenkte sie auffordernd und stieß sie dann mit einem Fußtritt an ihren Platz zurück.

»Komme gleich.«

Matjes schien dem Glatzkopf stumme Signale zu senden

oder irgendetwas zu zeigen, denn Schmäde beschattete seine Augen mit der Hand und guckte angestrengt. »Versteh nich.«

Er blickte weiter angespannt in die Höhe. »Wat?«

Da schrillte Doreens Stimme dazwischen. »Gekotzt hat er, weil er gestern blau war!«

Schmäde schlug sich auf die Schenkel und lachte. »Denn wird's ja höchste Zeit für'n Katerfrühstück. Los, Mann!«

Ophelia hatte das Klatschen der Ohrfeige gehört und wunderte sich, dass Doreen nicht losbrüllte. Stattdessen kreischte sie einen weiteren Satz zu Schmäde hinab, der nicht zu verstehen war. Krachend wurde oben das Fenster geschlossen.

Kurz darauf klappte im Nachbarhaus die Hoftür. Matjes kam die Treppe herab. Er trug nur ein Unterhemd, die krummen Beine steckten in verwaschenen Jeans. Ihm folgte Doreen in einem schmuddeligen Jogginganzug.

Der Hund knurrte, als Matjes sich neben Schmäde auf die Bank fallen ließ. Doreen blieb in knapper Entfernung vor der Gruppe stehen, sie kehrte Ophelia den Rücken zu. Ophelia beobachtete, wie Schmäde den Beutel unter der Bank hervorangelte, zwei Bierbüchsen herausnahm, eine davon Matjes reichte, die andere selbst öffnete. Seine erste Büchse war offensichtlich leer, Schmäde ballerte sie mit einem Stiefelstoß von sich. Sie kollerte über den Sandboden, landete scheppernd auf betoniertem Fußweg. Dort blieb sie liegen.

Nachdem die drei ein Weilchen miteinander geredet hatten, drehte sich Doreen plötzlich um und kam direkt auf Ophelia zugelaufen. Sie blieb vor der Hecke des Gärtchens stehen, spähte zum Balkon herauf. Ihr forschender Blick erwischte Ophelia, die sich eben wegducken wollte.

»Hej du«, rief Doreen gedämpft. Durch die geöffnete Balkontür hatte sie die Mutter des Kindes entdeckt, die im Zimmer mit einem Staubsauger herumging. »Hej! Du sollst kommen.«

Ophelia trat hinter dem Knöterich hervor, lehnte sich offen über die Balkonbrüstung.

»Sind doch gar nicht alle da«, entgegnete sie unbestimmt.

»Wieso?« Doreen schaute an ihr vorbei ins Zimmer und versuchte, die Einrichtungsgegenstände zu erkennen. »Wir sind doch da.«

Ophelia druckste. »Die aus unserem Haus mit den blonden Haaren«, sagte sie schließlich, als sei das für sie ein plausibler Grund, nicht in den Hof zu kommen.

Doreen wischte sich mit dem Handrücken die Nase ab. »Britta ist im Krankenhaus. Blinddarm.«

Angeekelt sah Ophelia zu, wie Doreen ihre Hand am Hosenbein trocken rieb.

»Kommst du nun?« Doreen musterte das blasse Mädchen ohne Neugier. Warum wollte Matjes die überhaupt dabei haben, die Vorwärtseinparkerin.

»Wenn ich darf«, antwortete Ophelia. »Ich muss meine Mutter fragen.«

Ihre Mutter fragen! Doreen tippte sich an die Stirn. Die war ja total unterernährt im Koppe. »Bist wohl noch'n Baby.«

Sie wendete sich ab. Im Davongehen rief sie Ophelia über die Schulter zu: »Der Matjes wartet auf dich. Aber ich schnall echt nich, was er mit so eener wie dir will.«

»Nimm Glatze zur Seite«, bat Doreen, als sie wieder bei den Jungen war. »Ich will auf die Bank.«

»Haste Schiss?« Schmäde grinste sie an. »Na komm schon. Der tut dir nischt, wenn ick dabei bin.«

Doreen setzte sich zwischen Schmäde und Matjes, den Blick auf den Hund geheftet.

»Und?«, fragte Matjes. »Kommt sie?«

Doreen äffte die Sprechweise Ophelias nach. »Die muss erst ihre Mama fragen, ob sie darf.«

Beide Jungen verzogen den Mund.

»Die ist doch blöd«, maulte Doreen. »Warum wollt ihr so eine dabei haben? Die ist noch zu doof für alles.«

»Wat is'n det, alles?,« fragte Schmäde anzüglich und kniff Doreen in den Oberarm. Und an Matjes gerichtet: »Deine Schwester hat recht, weeßte det? Ick versteh ooch nich, wat det soll. Warum bist'n scharf druff, die Schrippe dabei zu haben? Die is ne glatte Null, kannste glooben.«

Matjes war blass und erschöpft, man sah ihm den verkaterten Morgen deutlich an. Er wischte sich Schweißtröpfchen von Stirn und Schläfe. Er setzte die Bierbüchse an, schüttete sich den Schlund voll und schluckte glucksend.

»So weit denkt ihr eben alle nicht. Dafür brauchste Köpfchen.« Er warf Schmäde einen verschlagenen Blick zu.

Der guckte misstrauisch und fragte aggressiv: »Willste behaupten, dass ick plemplem bin? Sowat kannste dem feinen Pinkel Beule unterstelln, aber nich mir.«

Matjes blieb überlegen. »Sagt keiner, dass du 'n Rad abhast. Aber manche Sachen – na, da musste 'n Riecher für haben. Und da kenn ich mich nu mal besser aus.«

Schmäde schoss die zweite leere Bierbüchse über den Hof. »Da bin ick aber jespannt.«

Matjes trank ein paar Schlucke.

»Die Alte von der«, sagte er langsam und mit Nachdruck. »Also, die ist am Theater.«

Doreen schaute ihren Bruder mit offenem Mund an.

»Na und?«, fragte Schmäde ungeduldig. Er bückte sich und nahm die letzte Büchse Bier aus der Plastetüte. Der Hund verfolgte jede Bewegung seines Herrn mit schief gelegtem Kopf.

»Na und! Mann, Theater ist doch nicht viel anders als Film oder Fernsehen!« Matjes ereiferte sich über Schmädes Begriffsstutzigkeit. »Da ist Knete, Mann! Die Alte von der Tussi muss klotzig verdienen, wenn sie am Theater ist. Ihr müsst mal im Vorbeigehn in die Wohnung von der gucken. Da steht massenhaft Silber 'rum, Leuchter und so 'n Zeug, olle Vasen und Uhren. Das sind Werte, Mann. Jede Wette, dass die Kohle hat.«

Schmäde, der eben die Bierbüchse ansetzen wollte, hielt in seiner Bewegung inne. »Meenste wirklich?«

»Na aber!«

Nach einer kurzen, gedankenvollen Pause fragte Doreen: »Willste bei der klaun?«

Der Bruder legte ihr seine Hand vor die Stirn, rüttelte sacht an ihrem Kopf. »Nicht so plump, Schwesterchen. Wir holen uns den Zaster über die Kleene. Verstehst du? So, wie uns Holger die Zigaretten aus dem Laden seiner Alten anschleppt.«

Doreen streifte seine Hand ab. »Das läuft bestimmt nicht. Die kriegt bestimmt kein Taschengeld von ihrer Mutter. Die sieht doch eher so aus, als ob wir ihr 'nen Euro schenken müssten.«

Matjes reckte sich und gähnte. »Mach du dir nich 'n Kopp über Sachen, die du nicht verstehst. Wart's ab. Man muss ganz anders an die Knete 'ran.«

Seine Hand tauchte in die Hosentasche, zog eine Zigarettenschachtel heraus. Sie war leer. Missmutig zerknüllte Matjes sie und warf sie fort.

»Wo bleibt eigentlich Holger?«, fragte er gereizt.

»Der föhnt erst dem IQ-Affen die Haare«, höhnte Schmäde und rülpste laut. »Is 'n echter Arsch, der feine Pinkel. Wenn schon eener Alfons Beule heißt und Seidenhemden anzieht! Dass der schlappe Holger uns den anjeschleppt hat, nee.«

Matjes drückte seine Bierbüchse zusammen. »Mit dem hör mir auf. Meinetwegen soll der sich so schnell verpissen, wie er aufgekreuzt ist.«

»Hahaha«, machte Schmäde trocken. »Kiek mal da hinten. Kommt der Warmduscher schon ...«

Jawohl, dort kamen sie. Kreuzten eben im Hofdurchgang auf und schlenderten gemächlich heran. Alfons Beule gelackt und geschniegelt im hellgrauen Seidenhemd, der kleine braune Holger eine unauffällig-kindliche Erscheinung neben ihm. Den schmächtigen Holger schien es Mühe zu kosten, sich der betont lässigen Gangart Beules anzupassen. Fast gleichzeitig mit dem Erscheinen der beiden Jungen öffnete sich die Hoftür neben dem Pauli-Balkon. Doch die Treppenstufen herab kam nicht etwa Ophelia. Dort kam ihre Mutter. Die schlanke Gestalt in der weißen Bluse und den engen Jeans wirkte jugendlich. Sie schaute sich im Hof um und hielt dann direkt auf die Bank zu, auf der Doreen zwischen den Jungen saß.

»Die Alte von der«, zischte Doreen und schaute fragend ihren Bruder an.

»Die kommt tatsächlich her«, flüsterte Matjes.

Schmäde rutschte tiefer auf den Banksitz, er räkelte sich provokativ. »Bin jespannt, wat se will.«

Sie trafen gleichzeitig bei der Bank ein. Dagmar, die zielstrebig auf die Gruppe zugegangen war, blickte irritiert auf die beiden Jungen, die sich neben ihr aufstellten. Wo kamen die plötzlich her? Dagmar hatte zumindest den gepflegten Burschen, der sich deutlich von den anderen abhob, noch nie gesehen. Es kam ihr vor, als habe sich aus dem Hinterhalt eine Eskorte zu ihrer Bewachung herangeschoben. Die beiden Jungen wurden mit knappem »Hallo« von dem Mädchen begrüßt, der Glatzkopf und Mathias Fuchs beachteten sie überhaupt nicht. Alle starrten schweigend Dagmar an und warteten neugierig. Das Mädchen glotzte mit offenem Mund. Als der gepflegte Junge die Hände aus den Hosentaschen nahm und eine Verbeugung in Dagmars Richtung andeutete, wieherte Mathias Fuchs laut heraus. »Seht euch den Grafen an!«

»Herr Fuchs?«, fragte Dagmar scharf. »Das sind doch Sie, nicht wahr?«

Matjes blickte zweiflerisch in die Runde. »Wenn sich weiter keiner meldet? Scheint nicht der Fall zu sein.«

Er warf den Kopf in den Nacken und grinste Dagmar Pauli an. »Richtig. Der Herr bin ich.«

Es wurde gelacht. Dagmar suchte dem ungünstigen Gesprächsbeginn eine Wendung ins Komische zu geben, indem sie sich zum Hund hinabbeugte. »Dann sind Sie wohl Herr Wolf.«

Sie streckte eine Hand aus, schien das Tier streicheln zu wollen.

Der Hund knurrte sie drohend an.

»Vorsicht, Lady«, warnte Schmäde überlegen. »Det is keen Rollmops. Falls Se Ihre Finger noch anderweitig brauchen, lassen Se den hübsch in Ruhe.«

Abermaliges Lachen. Dagmar richtete sich betont lässig auf. Sie unterdrückte ihre Wut, lächelte kühl. »Ein Reißwolf also.«

Nur Alfons Beule verstand die Anspielung. Ebenfalls lächelnd entgegnete er ritterlich: »Es wäre allzu schade um Ihre Finger.«

Matjes und Schmäde guckten den höflich beflissenen Pinkel ablehnend an.

»Red keen versilberten Scheiß, Mann«, sagte Matjes verweisend. »Was soll 'n der Zirkus?«

Schmäde richtete den Blick auf Dagmar und rülpste ihr offen ins Gesicht.

Dagmar stellte sich taub, behielt ihr kühles Lächeln bei.

»Du benimmst dich wie Sau«, sagte Alfons Beule zu Schmäde. »Kannst du nicht wenigstens –«

»Halt's Maul!« brauste Schmäde auf. »Du hast hier keene Lippe zu riskiern, verstanden? Denkst wohl, ich brauch 'n Kindermädchen, wat? Am besten ziehste Leine, du Heini!«

Doreen verfolgte die Auseinandersetzung mit gierig funkelnden Augen, während der kleine Holger sich zu entziehen versuchte. Er wischte von Beules Seite weg um die Bank herum, setzte sich auf der Gegenseite nieder und äugte zurückhaltend hinter dem Baumstamm hervor.

»Mir wird das hier zu dumm mit euch.«

Dagmars verächtlicher Stimmklang ließ Matjes aufhorchen. Von der ließ er sich nicht abkanzeln; von der bestimmt nicht. Sein Blick wurde feindselig. Während Dagmar redete, musterte er sie von Kopf bis Fuß. Erstaunt stellte er fest, dass diese Alte vom Theater ihn reizte, sie anzufassen. Diese Tatsache erfüllte ihn mit vorwurfsvollem Groll gegen das Luxusdämchen, das Dagmar Pauli in seinen Augen darstellte.

»Mir wird es wirklich zu dumm«, wiederholte Dagmar. »Außer dummer Sprüche und Flegeleien scheint ihr ja nichts im Kopf zu haben.«

Sie wagte eine kurze Pause, war auf Protest, auf Ausfälligkeiten gefasst. Niemand sagte etwas.

»Für meine Tochter«, fuhr Dagmar hochmütig fort, »seid ihr jedenfalls kein Umgang. Ich habe ihr verboten, sich mit euch zu treffen.«

»Was?«

Der erstaunte Ausruf kam von Doreen, der sich die Angelegenheit in völlig anderem Licht zeigte. Musste nicht die Alte froh sein, wenn man ihre Tochter überhaupt 'ranließ an Matjes und sie alle?

»Verboten«, wiederholte Dagmar mit flüchtigem Blick auf die Schmuddelgöre, ehe sie sich direkt an Matjes wandte. »Lassen Sie Ophelia künftig in Ruhe, Herr Fuchs. Ich erwarte, dass Sie meinen Wunsch respektieren. Andernfalls ...«

Dagmar sah, wie er aufhorchte.

»Andernfalls wird es äußerst unangenehm für Sie werden. Darauf könnt ihr alle euch verlassen.«

Sie fasste einen nach dem andern ins Auge. Als ihr Blick auf Alfons Beule fiel, schüttelte sie leicht den Kopf. »Dass Sie sich mit denen gemein machen.«

Abrupt drehte sie ab und ging mit eiligen Schritten davon. Augenblicke herrschte überrumpeltes Schweigen in ihrem Rücken. Dann hörte sie einen der Jungen pfeifen. Einer rief: »Verpiss dir, alte Zicke! Fick dir selber!«

Dagmar vermutete, dass der Glatzkopf ihr hinterdrein keifte. Geringschätzig warf sie den Kopf.

Sie erschrak erst, als sie das rünstige Bellen vernahm. Einen Moment fürchtete sie, der Glatzkopf könne den Hund von der Leine gelassen und hinter ihr hergehetzt haben. Denen durfte sie keine Furcht zeigen.

Dagmar drehte sich kein einziges Mal um. Auch auf der Treppe nicht. Auch nicht, nachdem sie die Tür ins Haus hinein geöffnet hatte.

# 12

Kein Umgang für sie.

Taub also sollte sie sich stellen, wenn Matjes draußen pfiff. Wenn neuerdings seine krötige Schwester mit schriller Stimme ihren Namen laut herausschrie, hinter ihr dreinhöhnte: »O – phe – li – a, oho, die scheißt in Mutters Klo!«

Blind sollte sie sein für alle Zeichen der Annäherung, die ihr von der lungernden Gruppe entgegengebracht wurden. Seit es ihr verboten worden war, schienen die anderen sie erst recht zu beachten. Ophelia verstand es nicht, und es flößte ihr Furcht ein. Was wollten sie auf einmal von ihr? Sie wirkten so bedrohlich beisammen, wenn sie zu dritt oder zu viert nahe vor der niederen Gartenhecke standen. Ein dunkler Block, der Schatten zu werfen schien bis zum Balkon herauf, bis über die Brüstung, bis ins Zimmer hinein. Ophelia mied den Balkon, sobald sie die Gruppe in der Nähe wusste. Sie wich von den Fenstern zurück ins Innere der Wohnung, wenn im Hof oder auf der Straße einer von ihnen herankam. Musste sie aus dem Haus, so ging sie mit gesenktem Blick und raschen Schritten, in blinder Eile auf der Flucht vor einer Begegnung. Und doch trieb es sie immer wieder, hinter der Gardine verborgen, die Gruppe heimlich zu beobachten. Fasziniert suchte sie in Gesten und Gesichtern etwas vom Schlamm und der Verworfenheit, die ihrer Mutter sofort aufgefallen waren. Etwas, das jetzt schon erkennen ließ, dass sie allesamt in Gefängniszellen enden würden. So wie sie selbst unweigerlich im Rampenlicht auf einer Bühne würde stehen müssen. Beides vermochte Ophelia sich nicht vorzustellen, obgleich sie nicht zweifelte, dass es sich erfüllen musste. Was ihre Mutter sagte, hatte Gesetzeskraft. Und Ophelia konnte sich nicht entscheiden, wessen Schicksal bedauernswerter sei. Aber die Gänsehaut, mit der sich ihre Arme bei der Vorstellung überzogen, wie sie allein und stumm auf einer riesigen Bühne hunderten von Augen preisgegeben dastand, sprach für sich. Sprach vom leisen Neid auf die Geborgenheit vor der Welt, die in dunklen Gefängniszellen zu finden war.

Und Ophelia konnte sich nicht zurückhalten. Sie wollte dazugehören.

Eines frühen Abends im Mai, der Monat neigt sich seinem Ende entgegen, nutzt Ophelia die Abwesenheit der Mutter. Dagmar ist ins Theater zur Vorstellung gefahren. Ehe sie wiederkommt, wird es fast Mitternacht sein. Und im Hof, bei der Rundbank, hockt die Clique beisammen.

Um sich Mut zu machen, tritt Ophelia dicht an den Vogelkäfig heran. Sie neigt das Gesicht, flüstert: »Rabe. Ich mach es. Verrate mich nicht.«

Die Brust schnürt sich ihr zu vor Beklommenheit, als sie die Treppen zum Hof hinabgeht. Absichtlich langsam, den Kopf gesenkt, keinen Blick auf die Gruppe der jungen Leute. Zuvor hatte Ophelia hinter der Gardine gestanden und gezählt. Sie waren alle da. Auch die blonde Freundin von Mathias Fuchs, die im Krankenhaus gewesen sein soll. Alle.

Am Fuß der Treppe hält Ophelia inne, beugt sich über die Gartenhecke, betrachtet scheinheilig Blumen im Beet. Sie schaut deutlich und lange, um gesehen zu werden. Gibt der Clique Zeit.

Es dauert. Ophelia spürt, wie sie rot wird vor Verlegenheit. Endlich dann der erwartete Pfiff, der ihr in den Körper fährt, den Kopf herumreißt. Sie ist gemeint, und sie schaut mit offenem Mund.

Matjes, seine aufgemotzte Tussi im Arm, winkt. »Komm 'ran!«

Als Ophelia über die Schulter hinter sich blickt, ob etwa ein anderer als sie gerufen sei, wiehert Matjes. »Na los, deinen Schatten kannste gleich mitbringen.«

Es ist peinvoll wie ein Bühnenauftritt. Aller Augen mustern sie, während Ophelia sich in gespielter Gleichgültigkeit nähert. Sie spürt, dass sie voll höhnischer Neugier erwartet wird.

»'n Abend«, sagt sie und bleibt vor der Bank stehen, die den Lindenbaum umringt.

Doreen springt krötig auf und deutet eine Verbeugung an. »Guten Abend, Lady.«

Matjes gluckst. »Lass doch die Tante«, sagt er herablassend. »Die kann nix für ihre Manieren. Hat sie von ihrer vornehmen Mamma.«

»Willste ooch zum Theater?« Der Glatzkopf grinst ihr von unten herauf ins Gesicht. »Den Namen dazu haste ja schon.«

Ophelia wirft einen raschen Blick auf den Hund, der Schmäde zu Füßen liegt. Das Tier hat den Kopf auf die Vorderpfoten gebettet und guckt unter traurigen Augenbrauen. Gefährlich scheint er ihr nicht.

»Na, für den Namen kann sie nichts.«

Überrascht wendet Ophelia sich dem blonden Mädchen zu, das sie verteidigt hat.

Britta nimmt einen letzten Zug aus ihrer Zigarette, schnippt den Stummel Ophelia vor die Füße. »Kannste mal?«

Und gehorsam tritt Ophelia die Glut aus.

Doreen klatscht spöttisch Beifall. »Brav. Die pariert.«

»Sag ich doch«, stimmt Matjes seiner Schwester zu. »Hat sie alles von der feinen Mamma.«

Der kleine braune Holger, über Beules Schulter gebeugt, flüstert Alfons Beule etwas ins Ohr. Der stutzt, nickt, erwidert halblaut: »Die ist das.«

Und während er sich erhebt, mit beiden Händen durch sein gepflegtes Föhnhaar fährt und am Kragen seines Seidenhemdes zupft, zitiert er höflich: »Leb wohl, Ophelia, und gedenk an das, was ich dir sagte.«

Nach kurzer Pause einhelliges Gelächter. Auch Beule, der Hamlet-Kenner, lacht mit. Verwirrt und rot im Gesicht blikkt Ophelia sie der Reihe nach an.

»Soll ich gehen?«, fragt sie schließlich.

»Unsinn.« Beule lächelt ihr zu. »Du warst doch nicht gemeint. Laertes redet so zu seiner Schwester Ophelia. Das weißt du nicht?«

Einige rasche Lidschläge, Ophelia blinzelt, fühlt sich blamiert. »Doch. Natürlich weiß ich das«, lügt sie überheblich.

Beule will nachhaken, aber Matjes schneidet ihm das Wort ab.

»Übrigens sind wir kein Umgang für dich«, sagt er hämisch. »Hat dir deine Mamma das nicht gesagt?«

Sie hat es geahnt. Wieder einmal hat die Mutter für sie entscheiden wollen. Hat über sie verfügt. Und trotzig wirft Ophelia den Kopf, die rötlichen Haarwellen umflattern ihr Gesicht, das noch immer von leichter Schamröte überzogen ist.

»Abendrot«, sagt der kleine Holger, der Ophelia nicht aus den Augen gelassen hat.

»Bestimmt hat sie es dir nicht gesagt«, bohrt Matjes weiter. »Sonst wärst du nicht herausgekommen zu uns. Stimmt's? Du tust alles, was deine Goldmamma dir befiehlt.«

»Tatata!«, blökt Doreen und hüpft um Ophelia herum. »Das Baby gehorcht seiner Mammi!«

Im ersten wütenden Impuls will Ophelia nach Doreen schlagen. Sie bezähmt sich. Sie wird plötzlich blass. Sie beißt sich auf die Lippe.

»Was wisst denn ihr?«, stößt sie hervor.

Schmäde räkelt sich, gähnt. Mit der Stiefelspitze kickt er seinen Hund in die Flanke. »Hörste, Glatze? Dem Baby piepts im Koppe.«

Glatze knurrt, und Ophelia weicht unwillkürlich einen Schritt zurück.

»Siehste, Glatze? Die hat Angst wie'n Wickelkind. Absolutes Weichei.«

Immer noch bleich, den Zorn niederzwingend, ruft Ophelia aus: »Blödmann, dämlicher!«

Und weil der Hund sie nun unmissverständlich anknurrt, schreit sie auch das Tier an. »Schnauze, du Köter!«

Tatsächlich kuscht der Hund. Verblüfftes Schweigen in der Gruppe.

Matjes, der sich auf seine Rolle als Boss besinnt, wirft lässig hin: »Die hat ja richtig Sprache. Die kann ja reden. Was sagt ihr denn dazu?«

Schmäde schwächt ab. »Aber Schiss vor ihrer Alten, den hat sie. Total die Hosen voll.«

Britta streift Matjes Arm von ihrer Schulter. Das blondierte Haar steht um ihr großflächiges, junges Gesicht wie Korbgeflecht. Nachdem sie sich eine Zigarette angezündet hat, hält sie Ophelia die Schachtel hin. »Na los.«

Ophelia zögert.

»Ach so? Das verbietet Mammi wohl auch?«, hänselt Britta.

Und so cool sie irgend kann, zwickt Ophelia sich eine Zigarette aus der Schachtel. Steckt sie zwischen die Lippen.

Ein Feuerzeug schnippt, winzige Flamme vor Ophelias ängstlichem Blick. Beule steht neben ihr, reicht Feuer. Und sie versucht, das Zittern ihrer Hand zu unterdrücken, tut einen flachen Zug, raucht unglücklich. All die kritischen Blicke, die sich auf sie richten, schüren in Ophelia Wut. Wut auf die Mutter, die über sie herrscht, nach Belieben befiehlt, nach Belieben verbietet. Rauch steigt Ophelia in die Augen, lässt sie tränen. Wortlos schaut die Clique ihr zu.

Da streift Alfons Beule, der noch immer neben ihr steht, sacht Ophelias Arm.

»Lass dich nur nicht ins Wasser treiben von ihr«, sagt er halblaut. »Du weißt doch: Ophelias Grab sind die Fluten.«

Ophelia schaut ihn an. Jetzt weiß sie, worauf er anspielt.

Doch Beule missdeutet ihren Blick und erklärt: »Du darfst dir nicht alles von deiner Mutter gefallen lassen.«

Ophelia schüttelt kaum merklich ihr Haar. »Ich bringe sie um«, sagt sie kühl.

Stille. Atemlosigkeit. Nur Doreen stößt einen kleinen Schrei aus. »Das glaub ich nicht.«

Ophelia gibt ihr einen kurzen, hellen Blick. »Das kannst du ruhig glauben.«

Die angerauchte Zigarette gleitet ihr aus den Fingern, trudelt zu Boden. Und Ophelia tritt selbstsicher die Glut aus. Sie spürt aufkeimende Bewunderung um sich her.

# 13

Am nächsten Tag stellt Dagmar überrascht fest, dass Ophelia sich ein Reclambüchlein von Shakespeare aus dem Bücherregal genommen hat. Dagmars Textbuch aus fernen Jahren, als sie mit der Ophelia besetzt war. Die Tochter liest den Hamlet.

Ophelia versucht, ihre Lektüre vor der Mutter geheim zu halten. Doch Dagmar ist um sie wie beständiger Hauch, eine Hülle aus Atem und Spürsinn, Augen, die auch das Dunkel durchdringen. Dagmar stellt das Kind, als Ophelia beiläufig das Reclamheft ins Regal zurückschieben will, zur Rede.

»Hast du den Hamlet verstanden?« Sie fragt teilnehmend; denn sie möchte ihre Hoffnung bestätigt bekommen.

»Ja«, antwortet Ophelia und wird rot. »Doch. Nein.«

Dagmar blinzelt ihr belustigt zu. »Was denn nun? Eher ja?«

Sie tritt zum Regal, zieht das Büchlein wieder heraus. »Komm. Setz dich zu mir.«

Gehorsam setzt sich Ophelia zu der Mutter an den Tisch. Ihr ist ungewiss zumute. Was wird geschehen? Dagmar blättert, sucht, findet schließlich die Szene, auf die sie aus ist. Sie drückt Ophelia das Textbuch, nachdem sie einst gelernt und geprobt hat, in die Hände.

»Lies. Aber laut.«

Die Zunge klebt am Gaumen, Ophelia wird es trocken im Mund. Sie beginnt, stammelnd zu lesen. »Mein Prinz, wie geht es Euch seit so viel Tagen?«

Sie schaut auf, den Blick voller Unbehagen.

»Weiter«, fordert die Mutter, »lies weiter.«

Und rasch, um es hinter sich zu bringen, fährt Ophelia in leierndem Tonfall fort: »Mein Prinz, ich hab' von Euch noch Angedenken –«

Dagmar unterbricht sie.

»Aber so doch nicht. Du musst empfinden, was du aussprichst. Musst in der Rolle sein.«

Und als Ophelia ratlos und blamiert den Kopf senkt, muntert Dagmar sie auf. »Nur keine Angst, Ophelia. Das wird schon. Schön, dass du selbst dir Hamlet ausgesucht hast. Ich freue mich darüber. Jetzt lernst du erst einmal den Text.«

In ihren fragenden Blick hinein antwortet Dagmar der Tochter: »Du lernst die Rolle der Ophelia auswendig. Und ich, ich probe dann mit dir.«

Die Genugtuung in der Mutterstimme ängstigt Ophelia.

»Wozu denn?«, fragt sie halblaut.

Dagmar lacht, sie schüttelt ihr dunkles Haar, dass es Schattenstriemen über das Gesicht der Tochter wirft. »Da fragt sie noch wozu! Kind, das ist *deine* Rolle! Und eines Tages wirst du sie auf einer Bühne spielen. Ich schwöre dir: das wirst du.«

Ophelias Augen betteln: Nein, nein, mach nicht so etwas mit mir, ich will auf keine Bühne, im Licht der Scheinwerfer, da müsste ich umfallen und kaputt gehen, mich zu Tode schämen. Bitte nicht!

Dagmar glaubt dem stummen Flehen nicht. Kann in ihrem Ehrgeiz für die Tochter und für sich nicht verstehen. Sie wischt es weg mit einem Lächeln, das Verständnis ausdrückt. »Ich weiß. Am Anfang hat man immer Angst. Da fürchtet man, es nicht zu schaffen. Aber du, mein Kind, du wirst es schaffen. Und ich helfe dir dabei.«

Ophelia will etwas entgegnen, doch Dagmar lässt sie nicht zu Wort kommen.

»Ich hab schon etwas für dich arrangiert. Wir brauchen im Theater für das Märchen einen kleinen Mohren. Was sagst du dazu?«

Ophelia schüttelt wortlos den Kopf.

»Doch«, sagt Dagmar zuversichtlich. »Diese Rolle wirst du spielen dürfen. Die Regisseurin will dich damit besetzen. Sie hat es mir im Vertrauen versprochen.«

Ophelia wird so blass, dass winzige Sommersprossen in ihrem Gesicht aufglimmen wie Blutflecken. »Ich will nicht«, haucht sie.

»Und ob du willst«, entgegnet Dagmar resolut. »Das ist für dich die allerbeste Gelegenheit. Sogar einige Sätze Text wirst du sprechen.«

Über Ophelias Wangen laufen Tränen. Dagmar nimmt es, wie sie will.

»Das ist die Überraschung, Liebes«

Sie legt ihrer Tochter einen Arm um den Hals.

»So ist es mir auch ergangen, als ich zum ersten Mal auf eine Bühne durfte. Ich war benommen vor Furcht und Überschwang. Du, ich hab sogar ... ja, ein paar Tropfen in die Hose.«

Dagmar lacht auffordernd, doch Ophelia bleibt stumm. Sie wischt die Tränen vom Gesicht, seufzt.

»Welche Regisseurin?«, fragt sie.

»Sie kommt als Gast, du kennst sie nicht.«

»Und wann?«

»Das hat noch Zeit. Erst nach den Sommerferien.«

Als es klingelt, fährt Ophelia zusammen.

In Dagmars Blick zuckt eine kleine Flamme. »Skule Erikson«, sagt sie hastig und läuft auch schon zur Tür, um den Schauspieler einzulassen. Sie wendet den Kopf nach der Tochter. »Gehst du bitte auf dein Zimmer? Nimm den Hamlet mit.«

»Ach, dein Norweger«, wirft Ophelia hin und geht betont langsam auf ihr Zimmer zu. »Wie du siehst: ich bin schon weg. Mit Hamlet.«

Bei sich und mit sich allein umschließt Ophelia den Vogelkäfig mit beiden Armen, das Textbuch in der rechten Hand.

»Rabe. Sei froh, dass du keine Mutter hast.«

# 14

Skule Erikson, der rotblonde Mann mit dem dunklen Namen, lehnte im Rahmen der Tür, als Dagmar öffnete. Er presste die flache Rechte auf den linken Oberarm und zeigte ein mitleiderregendes Gesicht. Er war bleicher als sonst, um seinen Mund lag ein wehleidiger Zug.

»Was hast du?«, fragte Dagmar besorgt.

Er stöhnte auf, federte vom Türrahmen ab und trat ein. Er ging an Dagmar vorüber durch den Korridor, ließ sich im Wohnzimmer sofort in einen Sessel sinken.

»Sieh dir das an!«, presste er zwischen den Zähnen hervor. »Der dreckige Köter hat mich gebissen.«

Zögernd nahm er die Hand vom Oberarm. Dagmar beugte sich über ihn. Das dünne T-Shirt zeigte aufgeraute Stellen, punktgroß. Behutsam schob Dagmar den Ärmel zur Schulter hinauf, schaute sich die Wunde an. Abdrücke von Zähnen, winzige blutunterlaufene Stellen.

»Du hast Glück gehabt, Skule. Der Hund hat dich nur gezwickt.«

»Ich danke«, entgegnete er vorwurfsvoll. »Das Vieh hat zugebissen.«

Und er erzählte Dagmar, dass der Hund ihn vor ihrer Haustür angefallen habe.

»Hast du ihn gereizt?«

»Gereizt, was heißt gereizt!« Skule Erikson fuhr unwillig auf. »In was für einer Gegend wohnst du bloß! Die sind mir schon öfter aufgefallen, diese Rowdys aus deiner Nachbarschaft. Gesindel. Haltlose Jugendliche, die qualmen und sich volllaufen lassen. Da ist so ein Glatzkopf dabei, widerlich. Halbstarker Stier mit blöden Augen. Der hat angefangen. Der hat seinen Köter scharf gemacht.«

Dagmar krempelte vorsichtig den Ärmel des T-Shirts herab. »Hast du ihm denn etwas getan?«

»Ich vergreif' mich doch nicht an so einem!«, rief Skule Erikson aus. »Ich hab nur gesagt, er soll seine Töle zur Seite nehmen.«

»Töle hast du gesagt?«

»Na und? Der Köter lag direkt vor der Haustür, ich konnte nicht an ihm vorbei.« Er presste wieder die Hand auf den Oberarm. »Als der Kerl das Vieh nicht zur Seite nahm, habe ich ihn gefragt, ob er Schmierseife im Gehirn hat. Da hat der dem Köter irgendwas geflüstert, und das Luder ist an mir hoch. Na, du siehst ja.«

Er schob nochmals den Ärmel in die Höhe, guckte bedrückt die Wunde an. »Wie ich das zu Hause erklären soll, ist mir schleierhaft.«

Sofort zuckte Dagmar innerlich zurück. »Hunde gibt es ja wohl überall«, sagte sie kühl, »und manche von ihnen beißen Schauspieler.«

Er lächelte unbehaglich, gab sich zufrieden.

»Warte«, sagte Dagmar, um ihn dafür zu belohnen. »Ich tupfe dir Sepso auf die Wunde.«

Mit zusammengebissenen Zähnen ließ er es geschehen. Die braune Lösung auf dem Oberarm schien sein Leiden zu bestätigen. Er griff Dagmar in den Haarschweif, der auf ihrem Rücken niederhing. Er zog sie zu sich herab. »Viel Zeit haben wir heut nicht, Dagmar. Abends muss ich wieder im Bau sein. Meine Frau hat Nachmittagsdienst.«

Wieder einmal abgestoßen von ihrer Rolle als Geliebte für Stunden, die er bemaß, richtete Dagmar sich auf. »Skule, du hast doch ein Gespür für Talent. Sieh dir mal Ophelia an.«

Und Dagmar rief süß und herrisch zugleich nach der Tochter.

Ophelia stellte sich taub, ihren Raben im Blick. Noch immer das Textbuch in der Hand.

Unüberhörbar Dagmars Befehlspfiff.

Ophelia kam.

Dagmar umfängt die Tochter mit schwimmenden Blicken. »Liebes. Hast du ein wenig von vorhin behalten? Skule ist hier. Er wird sich mit dir und deiner Rolle befassen.«

Ophelia verhaspelt sich mutlos in einer Texterinnerung. *Mein Prinz, wie geht es Euch seit so viel Tagen?* Nicht auch noch vor diesem Mann, der im Schlafzimmer der Mutter Kissen aufbauscht.

Sie zwinkert alarmiert, schaut dem rotblonden, schlanken Norweger auf den Haaransatz. In die Stirn wächst eine Spitze. Aus zwei haarlosen Buchten über den Augen zieht sich der rotblonde Flaum zurück. Das muss norwegisch sein, anders kann Ophelia sich dieses Farbspiel nicht deuten.

Skule Erikson lächelt norwegisch aus dem Sessel zu ihr auf. Schmale Lippen, gekraustes Kinn. Auch dieses Lächeln ist rotblond.

»Ich höre«, sagt er leicht gereizt. Denn Skule Erikson ist auf anderes eingestimmt.

Ophelia wirft ihrer Mutter einen fragenden Blick zu. Hören will er? Von ihr? Was denn?

Dagmar nickt der Tochter zu. »Wir haben vorhin darüber gesprochen: Ophelia.«

Das Mädchen atmet aus. »Ich kann das noch nicht, ohne Zeit zum Lernen.«

Dagmar hat sich gesetzt, ihre Haltung wird drohend. Leise spricht sie zur Tochter. »Dann nimm deine eigenen Worte. Du weißt, worum es geht. Also los.«

Ophelia steht steif, erstarrt vor dieser Nötigung. Unwillkürlich legt sie die Hände an die Hosennähte wie ein Soldat. Mit leiser Stimme: »Mein Herr, wie geht es gestern.«

Skule Erikson schaut sie belustigt an. »Gib mal her«, sagt er und schlägt das Textbuch auf.

Er findet nicht gleich, Ophelia strebt ihren Rückzug an. Winzige Schritte, doch Dagmar bemerkt es.

»Du bleibst.«

Ophelia wendet den schmalen Hals wie ein gefangener Vogel. Hin und her, weg unter dieser Knute. Und schon souffliert ihr Skule Erikson die gefundene Textstelle. Ophelia schaut ihm auf den Mund, bleibt stumm. Geduldig wiederholt der Schauspieler den Text.

Dagmars schwimmender Blick hat sich verändert, Kein Umfangen mehr, sondern Härte.

»Wir warten«, sagt sie drohend.

Hölzern steht sie vor ihnen, steif, Vogelscheuche auf dünnen Beinen. Ihr rotes Haar gerupft vom Unverständnis der Blicke, die sie bedrängen. Und wenn sie ihr den Text entgegenschreien würden: Ophelia hat sich verschlossen. Kein Wort wird sie ihnen geben.

Dagmar versucht es noch einmal. Mit verstellter Stimme, unter deren Süße der Zorn schwelt: »Liebes? Nun mach.«

Da zieht sich der magere Körper des Kindes plötzlich zusammen. Ophelia beugt sich nach vorn, runder Rücken, als müsse sie etwas in ihrer Mitte schützen. Den Magen, das Herz, ihren Bauch. Sie verriegelt sich hinter ihren Armen, sperrt alles um sich her aus. Und sie stößt einen hellen, verirrten Schrei aus.

Dagmar reißt Skule Erikson das Textbuch aus der Hand, schleudert es ihrer Tochter vor die Füße. »Dämlicher kann man sich nicht anstellen«, zischt sie wütend. »Hau ab und lerne den Text! Ab jetzt wird jeden Tag geackert, das sag ich dir.«

Skule Erikson verfolgt diesen Ausbruch betroffen. »Lass sie doch«, versucht er Dagmar zu beschwichtigen, »wenn sie nicht kann ...«

»Was soll das heißen«, fährt Dagmar ihn an. »Wenn sie nicht kann! Sie will nicht, das ist der Punkt. Das Fräulein macht auf hysterisch!«

Und während Ophelia leise zu weinen beginnt, das Textbuch aufhebt und langsam durchs Zimmer auf ihre Tür zugeht, hört sie hinter sich die Mutter höhnen. »Dass sie nicht hübsch ist, dafür kann sie nichts. Sie soll aber, verdammt noch mal, etwas aus sich machen lassen. Hörst du, kleines Luder? *Eine* verpatzte Karriere ist mir genug!«

In ihrem Zimmer taumelt Ophelia tränenblind zu ihrem Vogelkäfig.

»Rabe«, schluchzt sie, »sie wird mich noch umbringen.«

Durch die Gitterstäbe zwickt der scharfe Vogelschnabel nach ihrem Haar. Ein wenig getröstet schnieft Ophelia. »Wenn ich dich nicht hätte.«

Doch dann besinnt sie sich darauf, dass sie nicht allein ist. Während sie das Textbuch auf ihrem Schreibtisch ablegt, in Furcht vor der Mutter mit größter Sorgfalt, blickt sie hinter der Gardine in den dämmernden Abend hinaus. Sie sind im Hof. Die Clique ist da.

Ophelia schöpft Mut. Bei denen gilt sie etwas, das hat sie deutlich gespürt. Sie wird ihnen zeigen, was in ihr steckt. Einen Mord wird sie sich wohl ausdenken können.

Ophelia trat vom Fenster weg, presste das blasse Gesicht gegen die Tür, horchte. Die Mutter und der Norweger unterhielten sich halblaut im Nebenzimmer. Dagmars Stimme klang noch immer erregt. Skule Erikson legte sanfte Worte darüber wie Pflaster. Nach längerer Pause, die Dagmar beschwichtigt zu haben schien, verstand Ophelia einzelne

Worte. Die Mutter sprach von Elba, vom Sommerurlaub auf der Insel. Nach geraumer Zeit, in der Ophelia nur undeutliches Gemurmel vernommen hatte, lachte Dagmar befreit auf.

Also fährt er mit, dachte Ophelia. Und ich? Ob ich mir einen aus der Clique dafür schnappe?

Vielleicht war Elba gut für einen Mord geeignet.

# 15

Von nun an hat Ophelia noch weniger zu lachen.

Dass sie weiterhin zum Ballett-Training ins Theater geschickt wird, sich dort blamieren muss vor den anderen Kindern, schluckt sie tapfer hinunter. Wenn sie an der Ballettstange ihre Position übt, das Stöckchen der Trainerin ihre ungelenken Beine beklopft, das Gekicher der anderen ihr in den Ohren hockt, blickt sie wild in sich hinein: Wenn ihr wüsstet. Nicht die geringste Ahnung habt ihr, wer meine Freunde sind. Wozu ich fähig bin. Wartet es ab!

Zu Haus ist es schlimmer. Die Übungen auf der Bodenmatte absolviert sie abgestumpft, meist unter Dagmars kritischen Blicken.

»Mein Gott, du wirst ja immer steifer.«

Es stimmt. Den geschmeidigen Gliedern widersteht ein starrer Wille. Der kann nicht zulassen, dass der magere Körper fremden, unerschütterlichen Wünschen gehorcht. Die Gängeleien der Mutter entzaubern das Kind. Spiele sind abgetan, Phantasien auf Rache gerichtet. Und doch muss Ophelia sich ducken, wie sie es gelernt hat. Muss versuchen, die Mutter nicht zu enttäuschen.

Sie lebt mit einer unsichtbaren Schlinge um den Hals, um die Taille, um die Füße. Und sobald Dagmar an einem Strickende zupft, strauchelt Ophelia, fällt hin. Sie beginnt, an Atemnot zu leiden, sobald in Dagmar Unwille gegen sie aufsteigt. Sie ist der Mutter unformbares Geschöpf, das sich nur heimlich auflehnt. Ganz im Stillen. Und laut bei ihren Kumpanen.

Den Rollentext hat sie mühelos gelernt. Seit Dagmar mit ihr die Ophelia des Hamlet probt, ist sie wach für Worte. Hellwach. Lässt sie oft durch den Kopf geistern. Doch nach außen dringt nichts von dem, was Ophelia empfindet bei ihrem Text. Teilnahmslos sagt sie die Verse daher, ringt um Luft, wenn Dagmar die Stirn kraust, den Kopf schüttelt.

Und Ophelia singt. Mit zittrig kleiner Stimme die letzten Verse, bevor sie in den Tod gehen wird. »Und kommt er nicht mehr zurück? / Er ist tot, o weh! / Er ist hin, Gott helf ihm ins Himmelreich! / Darum bet ich –«

Dagmars Handbewegung unterbricht sie.

»Du weißt, dass Ophelia gleich ertrinken wird. Im Fluss mit ihren Blumen versinkt. Das ist kein Grund, ohne Stimme zu singen. Ich versteh' ja kaum ein Wort! Wie denkst du übrigens die Geschichte? Bringt Ophelia sich selbst um?«

Ophelia schweigt mit niedergeschlagenen Augen. Auf ihren Wangenknochen zeigen sich hellrote Flecken. Sie schluckt Worte hinunter, die der Mutter nicht zu Ohren kommen dürfen: Ich nicht. *Kein Grab für Ophelia.* Was geht mich die Fremde an, die im Stück um ihren Hamlet trauert.

Schließlich blickt sie auf, schaut Dagmar unsicher in die Augen. »Ist mir egal«, antwortet sie.

»Das soll dir aber nicht egal sein!«, fährt Dagmar sie an. »So viel Grips wirst du doch haben, darüber nachzudenken.«

»Tot ist tot«, entgegnet Ophelia verstockt. Und insgeheim steht sie nun doch der Fremden im Hamlet bei, verschwistert sich mit ihr. Tränen steigen ihr in die Augen vor Mitleid über die Schwester, deren Mund der Fluss verschlossen hat.

»Sie konnte nicht anders«, sagt Ophelia und schluchzt auf.

Überrascht betrachtet Dagmar ihre Tochter. Spuren von Gefühl für die Rolle? Das macht Hoffnung. »Na komm«, sagt sie einlenkend. »Die letzte Szene noch einmal von vorn.«

Unmöglich. Sie kann es nicht.

Und ohne ein weiteres Wort verlässt Ophelia das Wohnzimmer, verschwindet im eigenen Raum, schließt geräuschlos die Tür hinter sich.

Ihr Herz pocht hart. Ophelia lehnt lauschend den Kopf zur Tür. Sie fürchtet schneidende Worte, von Dagmar ihr nachgeworfen.

Nein, nichts. Ophelia meint, die Mutter ratlos im Sessel sitzen zu sehen. Mit abwesendem Blick.

Doch dann hebt sich leise ein Ton, der wie Wimmern klingt. Gleich aber wird er rund und voll, wie durchsichtige Glasperlen sind.

Dagmar Pauli weint.

Ihren ersten Impuls, zu ihr zu stürzen und die Mutter in die Arme zu nehmen, unterdrückt Ophelia. Zu oft ist sie auf Ablehnung gestoßen.

Peinlich berührt zieht Ophelia sich zurück ans Fenster, guckt hinaus in den Hof. Die Bank um den Baum ist leer. Dann aber erblickt sie unter der Bank Glatze. Der Hund liegt da, als schlafe er. Schmäde muss in der Nähe sein.

Ihr suchender Blick zuckt zurück, als er auf Schmäde trifft. Sein Kopf taucht über der Balkonbrüstung auf, deutlich nimmt Ophelia unter der Glatze die wulstig gebetteten Augenschlitze wahr. Schmäde scheint sie zu suchen, er muss die Stufen vom Terrassengärtchen heraufgekommen sein. In Angst, die Mutter könne ihn erblicken von nebenan, zerrt Ophelia mit fahriger Hand die Gardine zur Seite, klappt das Fenster an.

»Hau ab!«, flüstert sie Schmäde zu. »Mensch, hau ab! Ich komme.«

Verblüfft, mit offenem Mund, guckt er. Dann grient er, hat kapiert. Schmäde taucht ab.

# 16

Ophelia findet Schmäde auf die Bank gelümmelt, eine offene Bierbüchse in der Hand. Die Füße in den Springerstiefeln hat er weit von sich gestreckt.

»Hier können wir nicht bleiben«, flüstert Ophelia ihm im Vorübergehen zu. »Meine Mutter ist zu Haus.«

Sie verschwindet im Durchgang zur angrenzenden Straße. Schmäde bückt sich behäbig, leint seinen Hund an. Er erhebt sich, ächzend in seiner Fettleibigkeit. Die Bomberjacke ist viel zu warm für diesen Juniabend, aber er kann nicht drauf verzichten. In seinem feisten Gesicht stehen Schweißperlen. Schmäde nimmt einen langen Zug aus seiner Bierbüchse, biegt den Kopf in den Nacken, schüttet sich den Rest in den Hals. Er drückt mit festem Griff die Büchse zusammen, wirft sie unter die Bank. Glatze schnuppert daran, leckt.

»Oller Suffkopp«, sagt Schmäde zu seinem Hund. »Da kriegste Heimweh, wa?«

Er zupft an der Leine, und Glatze kommt unter der Bank hervor. Bevor er Ophelia folgt, wirft Schmäde einen Blick zum Balkonfenster der Paulis. Die Tür steht offen, Dagmar lehnt über der Brüstung, sieht ihn an. Verlegen wendet Schmäde den Kopf. Um sich Mut zu machen und im Recht zu sein, rülpst er laut. Soll die da hören, was er von ihr hält. Theaterfuzzi. Lange wirst du nicht mehr glotzen.

In der stillen Straße neben dem Hof findet er Ophelia. Sie kauert auf einer der Bänke, die unter einer grünbewachsenen Pergola stehen. Als er sich nähert, richtet Ophelia sich auf. »Hat meine Mutter dich gesehen?«

»Jott bewahre«, entgegnet Schmäde und fläzt sich neben Ophelia auf die Bank. »Die hat mir nich zu Jesicht jekriegt.«

Vorsichtig krault Ophelia den Hund hinter den Ohren. Das kostet sie Mut. Sie braucht Mut. Sie wird ihren Mut beweisen.

Schmäde verfolgt diese Liebkosung mit misstrauischen Blicken. Die Tante soll lieber Angst vor Glatze haben, ihm das Tier nicht abspenstig machen. Doch zu seiner Verblüffung schmiegt sich der Hundekopf in Ophelias Hand.

»Lass det sein«, wirft er ruppig hin. »Den Hund fasst keener an. Ooch du nich.«

Mit einem letzten Streicheln gibt Ophelia Glatze frei. Sie schaut in Ralf Schmädes verschwiemelte, wasserhelle Augen, lächelt unmerklich. Eindeutiger Sieg auf ihrer Seite. »Mich beißt der nicht.«

»Aber den Lover von deiner Alten hat er jebissen.« Schmäde grinst überlegen. »Wat wird übrigens aus dem – hinterher? Wird sich 'ne neue Mieze suchen müssen.«

Kühl, ihre Überlegenheit auskostend, antwortet Ophelia: »Mach du dir keine Sorgen um fremde Geschichten. Wirst erleben, was wird.«

Schmäde lenkt ein. »Mensch, red keen Scheiß. War nich so jemeint.«

»Dann halt deine Klappe, wenn du nichts meinst.«

Nimmt sich allerlei heraus, diese Göre. Schmäde mustert sie von der Seite. Die rotblonden Haarwellen stehen ihr um den Kopf wie Stacheldraht. Fade Puppe, nichts an ihr dran. Mineralwasserpulle mit Sauerkrauthaar. Aber was die vorhat –

»Schon drüber nachjedacht?«, fragt er vorsichtig und zieht aus seiner Jackentasche eine volle Bierbüchse. »Wann? Und wie?«

Die Öffnung der Bierbüchse zischt, Schmäde trinkt. Aus den Augenwinkeln beobachtet Ophelia ihn. Sie muss sich etwas überlegen, um ihn hinzuhalten. Erst einmal zielt sie auf Zeit.

»Nicht im Sommer«, sagt sie bestimmt.

Schmäde setzt die Bierbüchse ab, hält sie ihr hin. »Willste?«

Ophelia schiebt das Bier zur Seite. »Denk doch nach. Die Hitze. Wie schnell würde die Leiche verwesen.«

Schmäde schaut sie an mit offenem Mund. Total cool. Hätte er ihr nicht zugetraut. »Wo – wo willst du sie denn lassen?«

Ophelia wirft ihm einen herablassenden Blick zu. »Im Keller natürlich. Wo denn sonst.«

In die Straße biegen Matjes und Britta ein. Im Schlepptau die Kröte von Schwester, Doreen. Das quirlige Luder erspäht Schmäde und Ophelia unter der Pergola, kreischt sie an: »Mensch, wo seid ihr denn? Warum nicht im Hof?«

»Schnauze«, herrscht Schmäde sie an.

Doreen zeigt ihm den Finger, und ihr Bruder Matjes winkt ihr eine übers Ohr. Doreen brüllt auf.

»Du!«, zischt Matjes drohend. »Hast du gehört: Schnauze!«

Ophelia sagt »Hallo« in die Runde, und Schmäde erklärt den Angekommenen, was vor sich geht, indem er mit dem Daumen auf Ophelia weist. »Die killt erst im Herbst.«

Das überraschte Schweigen der Drei löst sich in hörbarem Ausatmen.

Als erste fasst sich Doreen. »Warum willst du so lange warten? Wir brauchen doch Knete.«

Ein Gesichtspunkt, der Ophelia fremd ist. Sie hat nicht vermutet, dass es der Clique um Geld geht. Ihre Mutter hat gar kein Geld. Hochmütig zieht sie sich aus der Schlinge. »Echt dämlich«, fährt sie Doreen an. »Machst du sie kalt oder ich? Na also. Auf die Knete kannst du warten.«

»Ophelia hat recht«, mischt Britta sich ein, während sie

mit den Fingerspitzen auf ihre blondierte Tolle tupft. »Erst mal muss ihre Alte weg.«

»Und?« Matjes meint mit seiner Frage alles. Und alle schauen Ophelia an.

»Los!«, feuert Schmäde sie an. »Du wolltest die Leiche im Keller verstecken.«

Ophelia mustert ihn kühl. »Von Verstecken war nicht die Rede. Dort soll sie ganz einfach gefunden werden, nachdem sie ein paar Tage vermisst worden ist. Verblutet. Selbstmord. Sie hat sich die Pulsadern aufgeschnitten.«

»So was passiert nur in Badewannen«, quasselt Doreen dazwischen.

Schmäde stampft mit dem Fuß. »Schnauze!« ruft er wütend, und sein Hund unter der Bank lässt ein Knurren hören.

»Selbstmord?« Matjes, der sich bisher nur mit Ladendiebstahl befasst hat, ist skeptisch. »Wie willst du deine Alte denn dazu bringen? Das war anders ausgemacht.«

Sein Blick ist drohend, und Ophelia beschwichtigt Matjes. »Ist doch Fakt, dass *ich* es mache. Ich locke sie in den Keller. Nicht so zeitig. Wenn im Haus schon Ruhe herrscht und alle schlafen. Oder fernsehn.«

»In den Keller locken?«, fragt Britta, und ihre Haut unter der Schminke scheint sich zu dehnen vor Spannung. »Womit denn?«

»Das verrate ich heut noch nicht«, entgegnet Ophelia ausweichend. »Aber ich weiß, was ich weiß.«

Sie blickt in die Runde, fährt fort. »Im Keller ist schon alles vorbereitet. Natürlich stürzt sie an der Stelle, wo ich es geplant habe. Das Beil steht in der Ecke. Wo es immer steht. Sie merkt bei ihrem Hinfallen gar nicht, dass ich danach greife. Ich hole aus, ganz kurz. Und schlage zu. Mit der stumpfen Seite, damit keine Wunde zu sehen ist.«

Schmäde wendet ein: »Haste jenüjend Kraft?«

»Die hab ich«, antwortet Ophelia mit tiefer Überzeugung. Und in ihrer Stimme, die sich vor der Mutter verstellen und süß tun muss, schwingt Hass. »Und wenn ein Schlag nicht reicht, dann schlag ich noch mal zu.«

Sie erbleicht. Die Angst vor ihrer schrecklichen Tat zehrt alle Farbe aus ihrem Gesicht. Mit brüchiger Stimme, leise, fährt Ophelia fort: »Dann schneide ich ihr die Pulsadern auf mit einer Rasierklinge. Selbstmord. Sie verblutet. Und das Beil, das lasse ich verschwinden.«

Niemand regt sich. Sie starren Ophelia an. Die Maulhelden und jungen Tunichtgute haben Angst vor ihr.

Diese Mischung aus Achtung und Furcht steigt Ophelia wie ein Rausch zu Kopf. Die erste große Anerkennung ihres Lebens öffnet ihr die Lippen, sie muss sich selbst überbieten. »Vielleicht«, sagt sie, »mach ich's auch ganz anders.«

Und als sie spürt, dass sie mit ihren Worten etwas wie Enttäuschung hervorgerufen hat, fügt sie rebellisch hinzu: »Schlimmer. Sehr viel schlimmer.«

Diesem Versprechen kann sich Ophelia nur entziehen, indem sie abhaut. Sie ruckt vogelhaft mit dem Kopf, federt von der Bank, winkt vage.

»Hab zu tun«, sagt sie unbestimmt und geht davon.

Sie bemüht sich, lässig zu erscheinen. Schlenderschritt. Aber ihr Rücken versteift sich, und sie horcht angespannt hinter sich. Reden die andern ihr nach?

Erleichtert biegt sie in den Hof ein, der Clique aus den Augen. Prallt fast mit Alfons Beule zusammen, Seidenhemd und Föhnhaarduft. Dicht bei ihm der kleine, braune Holger mit einer Stange Zigaretten unter dem Arm.

Hamlet-Heini, dämlicher.

Beule legt eine Hand aufs Herz, neigt den Kopf. »Wir sind ausgemachte Schurken, alle: trau keinem von uns! Geh deines Wegs zum Kloster ...«

Ophelia starrt ihn an, wird glühend rot. »Blödmann!« stößt sie hervor.

Beule lächelt verständnisvoll, ist sich ganz seiner Wirkung bewusst. »Zu Mami?«, fragt er schmeichelnd.

Ophelia wirft einen raschen Blick zu ihrem Balkon. Die Tür ist geschlossen, hinter den Fenstern brennt schon Licht.

»Hab zu tun«, erwidert sie spröde und zieht abwehrende Stirnfalten. »Lass mich vorbei.«

Und während er zur Seite tritt, sich abermals verneigend, zitiert er anzüglich: »Ihr hättet mir nicht glauben sollen, schöne Ophelia. Ich liebte Euch nicht.«

Blind vor Verwirrung stolpert Ophelia davon. Und was der kleine Holger ihr nachruft, ergibt für sie keinen Sinn.

»Eij! Die vielen Zigaretten!«

# 17

Die wenigen Schritte zu ihrer Wohnung kommen Ophelia vor, als steige sie bergan. Sie spürt aufsteigende Atemnot, ihre Halsschlagader zuckt. Die Mutter darf nicht erfahren, wo sie herkommt. Übertretene Verbote straft sie hart. Wenn doch der Norweger bei ihr wäre, Ophelia könnte rasch ins eigene Zimmer entkommen. Bleischwer liegt ihr der Verrat auf der Seele, den sie an der Mutter begangen hat. Nur, um vor der Clique zu prahlen. Um sich groß zu machen, solch mörderischen Unsinn zu reden. Wie soll sie sich aus dieser Schlinge wieder lösen? Hilft es denn schon, böse Gedanken zu bereuen? Dass sie derart grausam reden konnte: Hat sie dabei nicht etwas Heißes in der Brust gespürt, etwas Wildes, das ihr gut getan hat? Nein. So schlecht geht es ihr nicht, dass sie sich rächen müsste. Sie hat ihre Mutter doch lieb.

Wenn Dagmar eine Teufelin wär, es könnte nicht schwefligere Spannung in der Luft liegen. Es knistert, als Ophelia die Wohnung betritt. Ein hingeworfener Funke müsste die Räume sprengen. Aber Ophelia, ganz in blinde Reue gehüllt, merkt nichts davon. In ihrer feuersicheren Schutzhaut aus geschuldeter Kindesliebe tritt sie der Mutter entgegen, tappt in ihr Unheil.

Dagmars Blick lodert ihr entgegen, gebändigt durch alle Anzeichen äußerlicher Ruhe. Die Mutter hat sich erhoben, als sie das Schlüsselgeräusch vernahm. Nun steht sie neben dem Sekretär, als habe sie dort zu tun gehabt. Ihre Scheinfrage stellt sie leise, unterdrückten Zorn in der Stimme. Aber Ophelia hört nicht.

»Wo bist du gewesen?«

»Draußen.«

»Mit wem?«

Ophelia zwinkert, das Lügen fällt ihr schwer bei dem Ausmaß ihres Vergehens.

»Allein«, sagt sie gedämpft. »War so stickig im Zimmer.«

Und als die Mutter sich für einen Augenblick abwendet, nimmt Ophelia das für Traurigkeit. Warum hängen die Arme an Dagmar so trostlos herab? Ist sie nicht ganz allein, trotz ihres Norwegers? Reue steigt Ophelia bis zum Hals, als müsse sie ertrinken in diesem wehen Gefühl. Sie spürt Tränen aufsteigen. Ihr Kinn kraust sich vor zurückgehaltenem Weinen, und sie wird noch einmal alles gut machen, wenn sie sich der Mutter jetzt in die Arme wirft. Vielleicht verzeiht sie ihr die schlimmen Gedanken, die sie vor fremden Menschen ausgesprochen hat. Ja, das muss sie.

Während Ophelia die Arme ausbreitet und aufschluchzt, fährt Dagmar herum. Mit hartem Griff fängt sie die Tochter ab, die sich zu ihr neigt, stößt sie streng zurück. Ihr Blick macht Ophelia Angst. Zu spät.

»Du Lügnerin!« Dagmar speit ihr die Worte ins Gesicht mit solcher Heftigkeit, dass Ophelia zurückzuckt. Doch Dagmar gibt die Tochter nicht frei. Sie hält die mageren Oberarme umklammert, rüttelt ihr Kind, als halte sie totes Holz in Händen.

»Ich hab diesen Fiesling gesehen«, faucht Dagmar erbittert. »Wie kannst du es wagen! Ich hab es dir verboten, ein für allemal! Und du – du ...«

Sie ringt um Worte.

»Du Miststück«, flüstert sie kaum hörbar. »Mir frech ins Gesicht zu lügen! Ich bring mich deinetwegen um, damit aus dir was wird. Ich ackere mit dir, ich opfere meine Zeit. Und du?«

Wild schleudert Dagmar die Tochter von sich. Ophelia strauchelt, schlägt mit dem Rücken gegen die Wand. Ihre Tränen sind versiegt, so tief ist ihr Erschrecken. Will nicht glauben, was ihr geschieht, betrachtet entsetzt die Furie von Mutter. So liebeleer steht diese Frau ihr gegenüber, dass Ophelia ein Schaudern durch den Körper läuft. Ihr Nackenhaar sträubt sich. Und sie hat ihre Stimme verloren. Wortlos bewegt sie die Lippen, kein Laut dringt aus ihrem Mund. Sie kann kein Ja und kein Nein mehr sagen, und eine Ausrede für die Mutter lässt sich erst recht nicht finden. Sprachlos.

Ophelia rappelt sich auf. Sie verschränkt die Arme vor der Brust, drückt beide Hände auf die schmerzenden Oberarme. Und wortlos, mit eingezogenem Kopf, verschwindet sie hinter ihrer Zimmertür.

Weiß nicht, was sie beginnen soll. Steht wie betäubt mitten im Raum, blickt ratlos um sich. Der beißende Geruch aus dem Vogelkäfig bringt ihr flüchtig zu Bewusstsein, dass sie frischen Sand streuen muss. Sie geht hin, versucht zu sprechen. Ihre Stimme gehorcht wieder.

»Armer Rabe«, sagt sie halblaut.

Ganz plötzlich fällt ihr Alfons Beule ein. Der Seidene. *Ihr hättet mir nicht glauben sollen, schöne Ophelia. Ich liebte Euch nicht.* Das hätte er nicht gesagt, wenn sie überhaupt nicht in seinen Gedanken vorgekommen wäre.

Ophelia kaut an ihrer Unterlippe. Ihre Ohnmacht, die sie eben noch vor der Mutter sprachlos machte, weicht entschlossenem Trotz. Nun erst recht. Gegen jedes Verbot. Sie wird sich von der Clique nicht trennen lassen. Wenn Beule sich nicht zu gut ist für diese Gang, dann sie erst recht nicht.

Sie summt ein paar Töne, schnippt mit den Fingern. Sich in den Hüften wiegend, denkt sie an Alfons Beule.

Vielleicht geht er schon bald mit ihr in die Disco.

# 18

Heimlich, wenn Dagmar zu Proben oder Vorstellungen ins Theater muss, trifft Ophelia sich mit der Gruppe. Ein kühler verregneter Sommer. Meist lungern sie im Kellergang mit Sehnsüchten, die sie selbst nicht benennen können. Ein weites Leben lockt. Doch wie sollen sie dahin gelangen? Kleine Versicherungen der Großwelt halten sie in Händen, Symbole ihrer Träume. Und das sind nur ein paar Bierbüchsen, sind Holgers gestohlene Zigaretten aus dem elterlichen Laden. Das sind zwei Handys, Schmäde und Beule besitzen eines. Und das ist ihre rotzige Großmäuligkeit, hinter der sie einsam sind. Klein und allein. Drum müssen sie zueinander laufen wie Herdentiere, um sich zu schützen gegen die kalte Feindseligkeit einer Erwachsenenwelt, die kein Versagen duldet. Sie prahlen mit ihrem Anderssein, das sie doch nur untereinander gleich macht.

Ophelia tischt ihnen neue Mordversionen auf. Sie genießt die bedrückende Achtung, die ihr dafür zuteil wird. Und um enger mit ihnen verbunden zu sein, nimmt sie vom kleinen Holger Zigaretten an. Raucht ungeschickt, verschluckt sich. Sie wird dafür nicht einmal ausgelacht. Sie gilt etwas. Und Beule, Alfons Beule wischt ihr manchmal übers Haar. Nur wie aus Versehen. Doch an seinem Blick erkennt Ophelia, dass er sie meint.

Der August rückt näher. Ferientage, die Ophelia mit der Mutter und deren Norweger auf Elba verbringen soll. Wenn sie selbst doch auch jemanden mitnehmen könnte. Sie hat Alfons Beule im Sinn. Ausgeschlossen. Niemals würde die

Mutter das erlauben: Ein Junge, der obendrein zur Clique gehört.

Sie spricht von der Reise Die Clique hört weg. Langweiliger Scheiß, irgendwo in der Welt.

Schmäde schnauft herablassend durch die Nase. »Soll'n det sein? Elba?« Er greift seinem Hund ins Fell, und Glatze jault auf. »Hörste? Die will sich dünne machen.«

Unter seinen wulstigen Lidern ein wässriger Blick auf Ophelia. »Mach lieber, det de bald wieder da bist. Weeßt schon.«

Sie weiß. Und sie verspricht ihnen, dass sie von der Insel etwas mitbringen wird. Ophelia kennt giftige Beeren. Heimlich wird sie die trocknen. Und wenn sie zurück sind aus den Ferien, soll die Mutter jeden Tag davon essen. Ophelia wird die Beeren unter Dagmars Marmelade rühren. Die Mutter merkt gar nichts. Wird nur mit jedem Tag schwächer. Langsam verliert sie die Orientierung. Und eines Abends wird sie, zwanghaft angezogen von dem Glitzern des Flusses, ins Wasser gehen. Wird sich ertränken.

»Nee«, fährt Doreen dazwischen, »ist viel zu unsicher. Wenn sie nun doch was spitzkriegt? Mit dem Beil, das war besser.«

Und Matjes, eine Zigarette im Mundwinkel, knurrt unwillig: »Passt mir überhaupt nicht erst nach der Reise. Gibt womöglich noch alle Kohle auf der dämlichen Insel aus.«

Alfons Beule lächelt Ophelia in die Augen. »Nur ihr beide?«

Ophelia wird rot bis in die Haarwurzeln.

»Willste mit?«, fragt sie flapsig und fügt hastig hinzu: »Meine Mutter nimmt ihren Norweger mit.«

»Hä?«, macht Britta und lockert mit den Fingerspitzen ihre blondierte Tolle auf. »Wieso Norweger?«

»Der Schauspieler«, entgegnet Ophelia, die aus ihrer Verlegenheit zurückfindet. »Kennt ihr den nicht? Skule Erikson?«

Wie sollten sie? Ein Theater hat kaum einer von ihnen von innen zu sehen bekommen.

Aber Schmäde schaltet. »Meinste ihren Lover? Den langen Schlaks? Na, den hat Glatze sich mal vorgenommen.«

»Wieso denn Norweger?«, beharrt Britta. »Was sucht denn der hier?«

Derlei Erklärungen mag Ophelia nicht. Sie wischt das hin, um weitere Fragen abzuschneiden. »Meine Güte: Liebe. Der hat mal in Deutschland gastiert und seine Frau hier kennen gelernt.«

Schmäde grinst breit. »Und det war nich deine Alte, stimmt's?«

Ophelia scharrt mit dem Fuß. »Na und?«, sagt sie trotzig.

Im Kellerdämmer kommt es ihr vor, als flattere Beules Föhnhaar unsichtbar im Wind. Er atmet leise wie Laub vor seinem ritterlichen Satz. »Lass sie in Ruhe, Schmäde.«

Und das hört sich für Ophelia an wie ein Lied. Aber sie muss nach Haus. Bald wird Dagmar kommen.

»Ich geh dann«, sagt sie in die Runde und schaut scheu an Alfons Beule vorbei.

»Du.« Doreen stellt sich Ophelia in den Weg. »Es ist besser, wenn du einen Hammer nimmst. Wenn sie schläft. Und dann: zack. Am besten einen langen Nagel in den Kopf, der macht nur ein ganz kleines Loch. Musst die richtige Stelle treffen.«

Ophelia wirft den Kopf, schiebt das krötige Mädchen zur Seite. »Klar, dass ich treffe«, sagt sie.

Und geht.

# 19

*La bella Italia.*

Ununterbrochen prasselt Regen auf das Zugdach nieder. Im Nachtzug von München nach Florenz sind sie zu dritt in einen Liegewagen gesperrt, stickige Luft macht das Atmen schwer. Ophelia liegt ihrer Mutter gegenüber, im schmalen Gang zwischen ihnen stehen drei Paar Schuhe. Skule Erikson ist hinaufgeklettert, er schläft auf dem Bett über Ophelia.

Mit weit offenen Augen schaut Ophelia die Nacht an. Dagmar schläft. Ihr langes Haar hängt herab, berührt fast den Boden. Ihre leichten Atemzüge kommen Ophelia vor, als verstelle die Mutter sich. So sanft kann sie niemals sein, wenn sie wach ist. Spielt sie Theater im Schlaf? Rollentext geht Ophelia durch den Kopf, den sie wieder und wieder hat hersagen müssen. *Kommt, meine Kutsche! Gute Nacht, süße Damen, gute Nacht!* Die unerbittlichen Forderungen der Mutter: Noch einmal. Von vorn. Und die Drohung in der Stimme, wenn Dagmar sie zum Flüstern senkt: Denk daran, dass du es schaffen musst. Mein liebes Kind: Du musst! Darauf kannst du dich verlassen.

Ophelia wirft sich herum, an Schlaf ist nicht zu denken. Sie sieht die Clique vor sich. Forderungen auch von dieser Seite. Schmäde mit seinem frechen Grinsen scheint am gierigsten zu sein auf ihre Tat. Doreen aber auch. Und eigentlich alle. Ophelia stößt einen verzagten Seufzer aus. Erschrickt. Hat die Mutter es gehört? Dagmar atmet ruhig. Die Gedanken springen zu Beule, Alfons im Seidenhemd. Und er? Wartet er auch darauf, dass sie es endlich tut?

Skule Erikson beginnt leise zu schnarchen, und Ophelia hört ihm ein Weilchen angespannt zu. Die Geräusche klingen, als sollen Worte aus ihnen werden. Gute, hilfreiche Worte. Ophelia mag plötzlich diesen Mann, der sie mitunter in Schutz nimmt gegen die Mutter. Äußerlich gleicht er ihrem Vater überhaupt nicht, dieser groß gewachsene Mann mit dem nordisch rothellen Haar. Aber er kann zu jungen Menschen sein wie ein Freund. Zu ihr jedenfalls. Und das hat er mit dem Vater gemein, zu dem die Mutter sie nicht mehr gehen lassen will.

Es kommt ihr vor, als trommle der Regen mit seinen harten Knöcheln Löcher in das Dach. Winzige Trichter, aus denen Wasser auf sie niederrinnt. Etwas Verschwommenes. Schlaf.

Morgens irgendwann, es ist schon hell, erwacht Ophelia. Der Zug hält, sie schaut aus dem Fenster zum Bahnsteig hinüber. Bologna.

Als die Zugräder sich quietschend wieder in Bewegung setzen, richtet Dagmar sich auf. Sie gähnt, rafft mit beiden Händen ihr Haar, bindet es im Nacken zusammen.

»Hunger«, sagt sie. »Durst.«

Skule Erikson, der schon geraume Zeit wach liegt, antwortet ihr mit frischer Stimme. »Gleich gibt es Frühstück.«

Er schwingt sich von seiner Bank herab, knickt ein in den Knien, die er bandagieren muss mit festen Gummistützen. Erstaunt nimmt Ophelia diesen Anblick wahr, wendet sich unwillkürlich zur Mutter. Stört die das nicht? Sieht krank aus. Zumindest komisch. Dagmar scheint es gar nicht zu bemerken.

In Florenz, beim Umsteigen in den Zug nach Pisa, immer noch trüber Regen. Was sollen das für Tage werden auf der Insel. Als der Zug in Empoli ein Weilchen hält, geht ein Fliegender Händler den Zug entlang, ruft laut seine Waren aus. Er trägt Cola- und Bierbüchsen, Kekse, Zigaretten und

Obst in einer ovalen Zinkwanne vor dem Bauch. An einem Gurt hängt ihm dieses Gefäß um den Hals. Es sieht aus, als trage er eine Kinderbadewanne spazieren. In der rechten Hand hält der Verkäufer einen aufgespannten Regenschirm über sich und seinen Wannenladen.

Skule kurbelt das Zugfenster herunter, deutet, nimmt, zahlt. Im Weiterfahren, in der Fensternische sitzend, schält er zwei Orangen mit seinem Taschenmesser. Für Ophelia. Dann erst für Dagmar.

Sie steigen in Piombino aus und haben Mühe, mit ihrem Gepäck den Zubringerzug zum Hafen zu erreichen. Skule kann wegen seiner schwachen Kniegelenke nur den eigenen Koffer tragen. Dagmar kneift die Lippen ein. Daran hätte sie denken sollen beim Packen ihrer Sachen.

Endlich legt die Fähre ab. Ophelia rechnet insgeheim der Clique die große Entfernung vor. Fast dreißig Stunden ist sie schon unterwegs. Alfons Beule: Ob er beeindruckt wäre?

Eine volle Stunde Überfahrt, dann legt die Fähre am Kai von Portoferraio an. Ophelia erkennt den Hafen wieder, einmal ist sie schon hier gewesen. Sie freut sich auf die casa am Berghang. Und als sie auf Elba zu dritt von Bord gehen, hellt sich der Himmel auf. Sonnenschein und schlagartig Hitze.

Skule Erikson besorgt ein Taxi. Sie fahren in die Berge hinauf, Serpentinenweg. Blühende Kakteen in der Landschaft, gelb leuchten reife Zitronen aus den Bäumen. Ophelia atmet erleichtert auf. Freie Tage liegen vor ihr, die ihr nichts Böses abverlangen werden. Sie wirft einen Seitenblick auf Skule, der neben ihr im Taxi sitzt. Wenn er da ist, wird die Mutter sie in Ruhe lassen.

Die casa liegt abseits in Zanca, ganz am Ende des Dorfes. Sie fahren an einem kleinen Laden vorbei, in dem man alles kaufen kann: Strandschuhe, Weinflaschen, Brot, Hautcreme. Dagmar lässt den Fahrer kurz halten, um die wichtigsten

Dinge einzukaufen. Und nun sind sie da. Dagmar zahlt, und Skule zieht ein wenig den Kopf ein.

Tiefe Mittagsstille. Sie öffnen das hohe, schwere Holztor, betreten den Innenhof. Der gliedert sich in drei geräumige Terrassen, die durch flache Steinstufen miteinander verbunden sind. Überwachsen von dichtem Grün, das sich zu Seiten der casa und der gegenüberliegenden Hofmauer emporrankt, miteinander zum Laubdach verschlingt. Blühende Kübelpflanzen im Hof verteilt, die erst kürzlich gegossen worden sein müssen. Auf der unteren Terrasse ein runder Steintisch, Stühle dabei. Zum abfallenden Weinberg hin schützend eine niedrige Steinmauer, über die hinweg der Blick ins weite blaue Meer stürzt.

Angezogen vom Flimmern des Wassers sprang Ophelia die Terrassenstufen hinab, beugte sich über die Mauer. Weit unten einige Segelboote, klein wie Schwalben, reglos. Der Mund ging ihr auf in überraschtem Staunen. Sie lächelte, hob unwillkürlich die Hand.

Skule war ihr gefolgt, obwohl Dagmar ihn gebeten hatte, erst einmal die Koffer in der casa zu verstauen. Verärgert beobachtete sie, wie Skule sich zu Ophelia hinabbeugte, etwas sagte. Das Mädchen lachte auf, hielt sich gleich darauf den Mund zu und blickte sich zur Mutter um. Missbilligend schüttelte Dagmar den Kopf, und Ophelia wandte sich ab.

Heiterkeit auf ihre Kosten? Dagmar biss sich auf die Lippe. Kein guter Ferienbeginn. Skule ging in letzter Zeit etwas achtlos mit ihr um. Sie schloss die Tür zur casa auf, stellte ihren Koffer in den Flur. Sie ging durch die Räume im Erdgeschoss, öffnete die verhakten Lattenläden, stieß sie auf. In der cantina mit langem Esstisch und Stühlen hingen von der Decke Körbe an leichten Ketten herab. Sie waren mit frischem Obst gefüllt. Die Vorgängerin hatte offensichtlich an alles gedacht.

Zur Oberetage führte eine Holzstiege. Dagmar blickte hinauf, unschlüssig. Das hatte Zeit.

In der Küche fand sie neben der Spüle einen Brief von der Elba-Witwe. Sie war vor zwei Tagen abgereist und hinterließ Anweisungen, wie die Zisterne zu warten sei.

Dagmar beschloss, doch hinaufzusteigen ins Obergeschoss. Einige Stufen der Holzstiege knarrten. Dagmar öffnete die Tür zum Balkon, trat hinaus. Ihr Blick fiel sofort auf die beiden Menschen, die nebeneinander auf dem Mäuerchen saßen und in friedlicher Eintracht zum Meer hinausschauten. Zum ersten Mal fiel ihr auf, dass Skule und Ophelia fast die gleiche Haarfarbe hatten.

Dagmar schmeckte bitteren Neid im Mund. Sie war ausgeschlossen. Der Anblick von Gemeinsamkeit, von Übereinstimmung sogar wirkte so überzeugend, als gehörten die beiden dort schon immer zusammen. Nichts, das sich zwischen sie drängen konnte. Sie selbst schien vergessen zu sein von Liebhaber und Kind. Überflüssig. Wieder einmal in ihrem Leben.

Ihre Stimme ein Messer, als sie beider Namen rief. Und wie Ertappte warfen sie die Köpfe, schauten verstört zu ihr herauf.

Doch dann, die Überraschung am späten Nachmittag, als Dagmar in die Küche kam, um zu kochen. Skule stand am Herd, mit aufgekrempelten Ärmeln, erhitzt und eifrig. Suppendampf stieg aus einem Topf, er röstete Spaghetti und Fleischbällchen in einer Pfanne. Dagmar lächelte beim Anblick des hochgewachsenen Mannes, der sich über seine Arbeit beugte. Ganz der Gesichtsausdruck, um dessentwillen sie ihn so mochte. Hingegeben und weltvergessen.

Dagmar trat zu ihm, strich eine Haarsträhne aus seiner Stirn. Skule schmiegte seine Wange in ihre Hand, flüsterte: »Meine Schöne. Ich wünsch mir, dass du gute Ferientage hast.«

Er wandte sich Dagmar zu. Mit einem bittenden Lächeln

warb er um Verständnis. »Es tut mir so Leid, dass ich dir nicht mehr abnehmen kann.«

Sie nahm sein Gesicht in beide Hände, zog es zu sich herab, küsste Skule. »Ist doch gut, Lieber. Wenn du nur zu mir halten willst.«

Sie spürte sein Innehalten, den stockenden Atem.

»Das willst du doch?«, drängte sie.

Skule hörte die immer gleiche Hoffnung in ihrer Stimme, die ständige Werbung, ihn ganz auf ihre Seite zu ziehen. Und er hatte ihr immer wieder beteuert, dass eine Trennung von seiner Ehefrau unmöglich sei.

»Du weißt, dass ich nicht kann«, entgegnete er schuldbewusst.

Dagmar gab ihn frei, trat einen Schritt zurück. »Weil du nicht willst«, sagte sie.

Skule haschte nach ihren Händen, doch Dagmar entzog sie ihm.

»Ach, Dagmar«, sagte er betrübt.

Wortlos verließ sie die Küche, und Skule blieb wie ein Bettler mit leeren Händen stehen.

# 20

Während der folgenden Tage hielt Dagmars Verstimmung an. Immer wieder gab es kleine Anlässe, die sie reizten, wütend oder traurig zu werden. Skule zwinkerte Ophelia zu, als teile er ein Geheimnis mit ihr. Und Ophelia war so dreist, mit ihm zu flüstern. Er lieh ihr sein Handy, sie verschwand damit in ihrem Zimmer. Wen hatte die Tochter anzurufen? Es gab niemanden außer Detlev oder Titus. Ein Gespräch nach Deutschland? Eifersüchtig ging Dagmar der Tochter nach, überraschte sie in einem Handy-Gespräch. Ophelia fuhr auf, wurde blass, gleich darauf flammend rot.

»Ich muss Schluss machen«, stammelte sie und drückte das Handy aus.

Sie sah ihrer Mutter in die Augen, hilflos ausgeliefert. Dagmars Zorn schlug ihr entgegen wie eine Ohrfeige. Drohend die Stimme gesenkt. »Wer war das?«

Lügen war zwecklos. Dennoch antwortete Ophelia: »Niemand.«

Sie sah ihn vor sich in seinem Seidenhemd, wie er das duftende Haar warf, ihr zulächelte. Beule war so überrascht gewesen bei ihrem Anruf, dass er gestottert hatte. Und er hatte ihr gesagt, dass sie bald zurückkommen solle.

Dagmar fuhr ihrer Tochter mit beiden Händen ins Haar, bog ihr den Kopf bis weit in den Nacken hinab. Ophelias verängstigter Blick irrte ab, sie schloss die Augen.

»Sieh mich an!«

Ophelia zwinkerte. »Das tut weh.«

Ihre jämmerliche Stimme brachte Dagmar noch stärker

gegen die Tochter auf. »Ich werd dir helfen mit deinem Gelüge und deinem Getu. Ab jetzt ist Schluss mit der Faulenzerei. Noch heut Abend fangen wir an. Hamlet vierter Akt, fünfte Szene. Uns dass du mir gut vorbereitet bist.«

Sie zog die Hände aus dem Haar der Tochter, wischte sie leicht aneinander ab. Als habe sie Schmutz berührt. Aber der Schmutz war sie selbst, Dagmar spürte es voll tiefer Scham. Wie ging sie mit diesem Menschenkind um, das doch nicht ausschließlich ihr Besitz war. Warum, warum? Weil ihr sonst gar nichts auf Erden gehörte? Sie durfte sich nicht an Ophelia dafür rächen, dass Skule nicht zu ihr kam. Das durfte sie nicht, und sie konnte nicht anders.

Ophelia drehte den Hals, massierte mit einer Hand ihren schmerzenden Nacken. Ohnmächtige Tränen stiegen ihr in die Augen.

»Es sind doch Ferien«, brachte sie hervor.

Dagmar, selbst dem Weinen nahe, zwang sich, nicht nachzugeben. Den Anflug von Mitleid mit ihrem Kind deckte sie mit barscher Stimme zu. »Meine Ferien sind es auch. Und wenn ich mit dir arbeite ...«

Ophelia begann zu weinen.

»Ich hab doch nur den Titus gefragt«, log sie unter Schluchzen, »wie es Rabe bei ihm geht.«

Dagmar machte: Soso.

Im Weggehen, auf der Türschwelle, drehte sie sich noch einmal zur Tochter um. »Und lass Skule in Frieden.«

Strafend die zugeknallte Tür. Verlassen wie ein kleines Tier stand Ophelia da. Leises Heimweh nach der Clique bemächtigte sich ihrer, die Tränen rannen heftiger. Selbst Schmäde mit seinen Schwiemelaugen hatte ein Herz. Wie könnte er sonst einen Hund halten? Und die Kröte Doreen? Die war nur so frech, weil sie nicht anders konnte. Matjes, ach, und der sanfte Klugscheißer Beule. Mensch, Beule!

Ophelia weinte sich in tiefes Selbstmitleid hinein. Sie warf sich auf ihr Bett, drückte das Gesicht ins Kissen und hörte sich andächtig zu. Sie spürte das leichte Vibrieren ihrer Rippenbögen, die sich im Schluchzen dehnten und zusammenzogen. So großer Schmerz. Aber plötzlich hielt sie inne, von einem Gedanken aufgeschreckt. Heut Abend Hamlet. Bis dahin musste sie den Rollentext wieder draufhaben.

Sie rappelte sich hoch, stand auf. In einer Ecke des Zimmers lehnte ihr Lederrucksack. Ophelia öffnete die Schnur, kramte. Sie griff nach dem zerfledderten Textbuch, zog es heraus. Darum hatte die Mutter ihr befohlen, es mitzunehmen. Die hatte den gemeinen Plan von Anfang an gehabt.

Und bevor Ophelia das Textbuch aufschlug, flüsterte sie der fernen Clique, ihrer Gang, neue Pläne zu.

An den Haaren aufhängen, bis sie verhungert und verdurstet ist. Dabei müsst ihr mit helfen, das schaff ich nicht allein. Irgendwo im Wald, nachdem wir sie entführt haben.

Oder sie betrunken machen. Sie im Dunkeln an ein Auto binden. Losfahren, zu Tode schleifen. Bis man sie nicht mehr erkennt.

Ein rascher Blick zur Tür. Niemand.

Ophelia bezwang ihr schlechtes Gewissen, indem sie sich in den Hamlet vertiefte.

# 21

Nach dem Abendessen in der cantina sitzen sie spät zu dritt auf der unteren Terrasse, den Blick zum Meer hinab. In der Dunkelheit fahren, wie winzige Leucht-Fische, Fangboote zur nächtlichen Arbeit hinaus. Das Tuckern ihrer Motoren ist hier oben kaum zu hören. Am Horizont die schwarzen Umrisse einer langgestreckten Insel, ähnlich einem schwimmenden Krokodil. Wenn das Leuchtfeuer der Insel blinkt, klappt das Krokodil sein gelbes Auge auf und wieder zu. Weit links und unschärfer die Insel Korsika.

Senkrecht an der Hauswand kleben längere Zeit zwei Geckos. Flach, wie Reliefs in einer Felswand, harren sie reglos auf Beute. Hin und wieder, wenn sie ein Insekt schnappen, der Schnarrlaut ihrer Zungen. Plötzlich, wie auf geheimes Zeichen, aus dem Weinberg herauf die Rufe der Zikaden. Wie Schnitte durchdringen sie die nächtliche Luft.

Auf dem Steintisch ein Windlicht, von der Hauswand her der Schein einer Laterne. Skule hat sein Buch zur Seite gelegt.

Dagmar setzt ihr Weinglas ab, räuspert sich auffordernd. »Fangen wir an.«

Sofort erhebt sich Ophelia von ihrem Stuhl, entfernt sich wenige Schritte vom Tisch, stellt sich steif in Positur. Das Gesicht leer vor innerer Anspannung, blickt sie zur Mutter wie auf einen Dompteur. Dagmars Blick: die geschwungene Peitsche.

»Mein Gott, wie stehst du denn da!«

Noch bevor Ophelia ein Wort herausgebracht hat, muss sie diesen Tadel schlucken. Sie ruckt mit dem Kopf, versucht, die verkrampften Glieder zu lockern. Und dann, nachdem Dagmar ihr das Stichwort zugeworfen hat, beginnt Ophelia ihren Text herzusagen. Dagmar unterbricht sie nicht, spricht ihr halblaut die Partnerrollen zu. Ophelia haspelt die Worte ab, sehnsüchtig nach dem Ende der Tortur.

»... aber ich kann nicht umhin zu weinen«, leiert sie, »wenn ich denke, dass sie ihn in den kalten Boden gelegt haben. Mein Bruder soll davon wissen ...«

Dagmar ist am Ende ihrer Geduld. »Sie kann nicht umhin zu weinen«, höhnt sie. »Wer soll dir das denn glauben, du Plappermaul? Du zeigst ja keinen Funken von Gefühl. Hast du denn nichts als lauter Leere und Lahmheit im Herzen?«

»Dagmar!« Skule greift besänftigend nach ihrem Arm. »Quäle sie doch nicht. Glaub mir, das wird nichts. Theaterspielen ist einfach nicht Ophelias Ding.«

In erster Fassungslosigkeit hat Dagmar keine Worte. Dann brüllt sie: »Was? Was wagst du da zu sagen!«

Und sie springt auf, schleudert das Textbuch auf den Tisch.

»Schrei doch nicht«, sagt Skule. »Komm.«

Er versucht, sie an sich zu ziehen. Doch Dagmar wehrt wild ab.

»Das könnte euch so passen, was! Mir zum zweiten Mal im Leben alles zu vermasseln. Das lass ich mir nicht bieten.«

Zornbebend wendet Dagmar sich Ophelia zu. »Hast dir einen Verbündeten gegen mich gesucht? Ja? Flüstern, ja? Lachen, was? Das Lachen wird dir vergehen!«

Mit der flachen Hand schlägt sie Ophelia ins Gesicht. So heftig, dass Ophelia strauchelt.

»Skule!« ruft Ophelia.

Der ist aufgesprungen, zu Dagmar geeilt. Er greift nach ihren Handgelenken, hält sie fest. »Dagmar! Wie kannst du nur – «

Sie unterbricht ihn, vor Zorn und Ohnmacht außer sich. »Halt den Mund, du – du Schauspieler, du! Was hast du überhaupt hier zu suchen! Mir beibringen wollen, wie ich mit meinem Kind –«

Die Stimme bricht ihr weg, Dagmar reißt sich von Skule los. Sofort hascht er wieder nach ihren Armen, doch Dagmar entwindet sich ihm. Sie tritt ein paar Schritte zurück, mustert ihn kalt von Kopf bis Fuß.

»Was bist du schon für ein Schauspieler?«, sagt sie verächtlich. »Du hast ja von Theaterspielen keine Ahnung.«

»Mami«, bettelt Ophelia, »bitte!«

»Du schweigst«, herrscht Dagmar sie an.

Und Skule, leise: »Das meinst du nicht wirklich. Nimm das zurück.«

»Und ob ich das meine!«

Sie haut ihm die Worte um die Ohren, als prügle sie einen Hund. »Konntest doch in deinem großen Land nichts werden! Denkst du, für Deutschland bist du gut genug?«

Skule ist am Rande seiner Beherrschung. Sein Gesicht zuckt vor Erregung, sein Nordhaar scheint in der nächtlichen Dunkelheit Funken zu sprühen. Er wendet sich von Dagmar ab, legt Ophelia einen Arm um die Schultern.

Wortlos führt er sie ins Haus. In die kühle casa. Wo kein Gecko züngelt. Wo keine Dagmar über sie herfällt.

Sie schlafen bleiern in dieser Nacht, alle getrennt voneinander. Skule hat sein Bettzeug gepackt, ist aus dem gemeinsamen Schlafzimmer ausgezogen. Legt sich in einem kleinen Zimmer einfach auf den Fußboden. Der harte Untergrund drängt ihn in schwere Träume. Er findet keine Bleibe, kein Zuhaus.

Ophelia, sowieso allein in ihrem Zimmer, lauscht mit allen Sinnen. Schmeckt, riecht, horcht in die Nacht hinaus. Einmal muss sie kommen. Muss zu Bett. Und ob Dagmar ihr vorher die Hände um den Hals würgt, weiß Ophelia nicht. Sie fürchtet sich vor der Mutter.

So allein sind sie alle. Dagmar, tief gekränkt von Skule, der ihr den Rücken gekehrt hat, sitzt am Steintisch. Stützt ihre Stirn in die Hände. Sie hat ein Glas Wein hinuntergestürzt, um den Brand in der Seele zu löschen. So allein. Sie möchte gern weinen um sich. Doch ihre Tränen fügen sich nicht.

Sie geht spät in die casa. Wundert sich nicht, dass das Bett neben dem ihren leer ist. Ist dennoch enttäuscht, sinnt auf Vergeltung.

Ungestraft für so viel Verweigerung kommt Skule Erikson ihr nicht davon.

# 22

Am nächsten Morgen eine flaue, halbherzige Versöhnung. Trotz des bösen Vorabends hat Skule liebevoll den Frühstückstisch gedeckt, ein paar Blumen in eine Vase gestellt.

Dagmar wartet darauf, dass Skule sich bei ihr entschuldigt. Er sagt kein Wort. Sie sitzen zu zweit am Steintisch auf der Terrasse. Ophelia hat nach unruhiger Nacht verschlafen, ist noch im Bad beschäftigt. Schließlich bricht Dagmar das Schweigen.

»Und?«, fragt sie auffordernd.

Skule fährt sich mit der Hand über die Augen. »Tut mir Leid«, sagt er halblaut.

Dagmar nimmt das für ein Zugeständnis. »Na, gut.«

Sie schenkt Kaffee ein, streift Skule mit einem Seitenblick. Meint er, was er sagt?

Überzeugend sieht er nicht aus. Das rötliche Haar fällt ihm strähnig in die Stirn, klebt an den schweißfeuchten Schläfen. Was hält sie bei diesem Mann, der mit einer Fremden verheiratet ist? Schuldbewusst gesteht Dagmar sich ein, dass seine schauspielerische Begabung sie fesselt. In seine Darstellungskraft auf der Bühne hat sie sich zuerst verliebt. Nein, schön ist Skule nicht. Doch er strahlt etwas aus, dem sie sich nicht entziehen kann. Einen verschlissenen Charme. Fruchtwärme. Die Hand an einen sonnenmilden Herbstapfel legen. Gültige Reife spüren. Und das alles ist nicht für sie bestimmt.

Erbittert rechnet sie ihm in Gedanken die wenigen Stunden vor, in denen er Zeit für sie hat. Knappe Halbnächte.

Gestohlene Nachmittage. Er wäre jetzt nicht hier mit ihr auf Elba, wenn er seiner Frau nicht die Lüge von einem Gastspiel aufgetischt hätte. Und die glaubt das? Dagmars Halsschlagader zuckt. Sie ist ihm nicht gut, nein. Sie grollt ihm. Für Skule ist sie nichts als eine Zweitfrau.

Ophelia tritt aus der casa ins Freie. Sonnenlicht fällt in ihr gewelltes Haar wie in einen geflochtenen Korb. Überrascht von diesem Anblick seltener Lieblichkeit an diesem Kind schaut Dagmar Skule an. Sieht er es auch? Ihr Blick springt beleidigt zur Kaffeetasse zurück. Skule lächelt versonnen, entzückt wie von einem Wunder. In der Magengegend spürt Dagmar die Faust, die sich in ihr ballt.

Am späten Nachmittag steigen sie zum Strand hinab. Es ist noch immer heiß, sengende Sonne. Ophelia trägt die drei Liegematten unter dem Arm, Dagmar hat Badebeutel und Handtasche über die Schulter gehängt. Und Skule trägt nur sich und seine langen Hosenbeine über den empfindlichen Knien, wie Dagmar missmutig denkt.

Am Strand in der Bucht breiten sie die Matten über den Sand, ruhen ein wenig nach dem Abstieg. Doch Ophelia ist ungeduldig, ins Wasser zu kommen, es hält sie nicht lange auf ihrer Matte.

»Kommt ihr mit?«, ruft sie und ist schon davon, hüpft zum Meer, watet, wirft sich übermütig hinein.

Skule folgt ihr mit den Blicken.

Hinter den Gläsern ihrer Sonnenbrille beobachtet Dagmar, wie er aufsteht, die lange Hose auszieht. Als letztes streift er seine Gummistützen von den Knien, legt sie sorgfältig auf die übrigen Kleidungsstücke. Und stakt davon. Winkt ihr, mitzukommen.

Dagmar zögert. Sie erhebt sich auf die Knie, schaut Skule hinterdrein. Sein heller Körper hebt sich ab von der Farbe des Wassers, als Skule langsam hineinwatet, auf Ophelia zu. Als er bis zu den Hüften nass ist, wirft er sich mit einem Schrei in die Fluten, prustet, schwimmt. Ophelia kommt ihm entgegen. Und als sie beieinander sind, umschlingen sich vier Arme, ein Kreisel, sie drehen sich fröhlich im Wasser, ganz im Einvernehmen. Und beider rötliches Haar schimmert unter der späten Sonne geschwisterlich. Zwei Einverstandene ganz beieinander.

Die Faust in der Magengegend stößt zu. Dagmar schluckt Bitterkeit. Und in ihrem Verlassensein rächt sie sich blitzschnell an Skule. Sie greift nach seinen Gummistulpen, packt hart und kraftvoll zu, als müsse sie Steine aus dem Weg räumen. Und eilig stopft sie die Stützen in ihre Handtasche, tief zuunterst. Um keinen Verdacht zu erwecken, federt sie gleich darauf hoch, winkt mit beiden Armen zum Meer, lacht.

»Ich komme!« ruft sie.

Und Skule und Ophelia winken ausgelassen zurück.

Als sie nach dem gemeinsamen Bad zu ihren Liegematten zurückkehren und Skule seine Gummistützen sucht, guckt Dagmar scheinheilig in den Badebeutel.

»Hier sind sie auch nicht.«

Skule, verstört, winkt ab. »Da können sie auch nicht sein. Ich weiß genau, dass ich sie ...«

Er bricht verzagt ab. Er ist bestohlen worden. Seine Blicke suchen den umliegenden Strand ab.

»Wer stiehlt denn so etwas!«, ruft Dagmar entrüstet aus. »Das passt doch niemandem außer dir.«

Ophelia ahnt, wie schwer Skule das Laufen fallen wird ohne seine Stulpen.

»So eine Gemeinheit«, sagt sie. »Hat sich irgendein Schwein mit deinen Klamotten verpisst.«

Dagmar, selbst jetzt Herr der Lage, obwohl sie die Trockenheit im Mund verspürt: »Lass diese Ausdrücke.«

Und als Ophelia nur ungläubig guckt:

»Versuche ja nicht, hinter meinem Rücken mit dem Pack –«

Es verschlägt ihr die Sprache, als Skule sich wie ein Kind beide Hände vor die Augen schlägt. In der Annahme, er werde in Weinen ausbrechen, gibt sie innerlich nach. »Bitte, Skule …«

Aber sie hat sich getäuscht. Skule hat nur wegsehen müssen von Dagmars Unbarmherzigkeit, hat nach Fassung gesucht. Er reißt die Hände herab, in seinen Augen funkelt Zorn. Seine Stimme klingt heiser vor Erregung.

»Lass doch endlich einmal das Kind in Ruhe! Es ist nicht auszuhalten, wie du Ophelia drangsalierst.«

Dagmar, atemlos: »Halt dich da raus, du.«

Sie wendet sich abrupt ab, rollt ihre Matte zusammen.

»Unglaublich«, murmelt sie vor sich hin.

Hinter Dagmars Rücken verständigt sich Ophelia mit Skule. Sie legt einen Finger über die Lippen: Sei still, so ist sie nun mal.

Skule schüttelt erbittert den Kopf, gibt nach. Für ihn ist der Urlaub zu Ende. Ohne seine Kniestützen läuft er miserabel, fühlt sich unsicher. Er hätte nicht ohne das Ersatzpaar reisen dürfen.

Der Anstieg den Berg hinauf nach Zanca ist mühsam für ihn. Dagmar geht voran, Ophelia in der Mitte. Immer wieder schaut Ophelia sich nach Skule um. Der knickt in den Kniegelenken noch stärker ein als sonst.

Als sie anlangen bei ihrer casa, überlegt Dagmar fieberhaft. Wo soll sie das Diebesgut lassen? Unmöglich, es wieder herauszugeben. Es irgendwo hinlegen, wo Skule es finden muss? Sie wäre entlarvt. Niemals würde Skule Ophelia verdächtigen.

In einem unbemerkten Augenblick in der Küche reißt Dagmar Silberfolie von der Rolle, wickelt die Gummistützen darin ein. Ganz klein das Paket. Und sie mogelt es in den Mülleimer, vergräbt es unter schmutzigem Küchenabfall.

Drei Tage haben sie noch auf Elba, der Sommer schlägt zu mit voller Kraft. Skule geht nicht mehr mit zum Strand hinunter. Er liegt im schattigen Hof, liest. Mitunter überrascht Dagmar ihn dabei, dass er grüblerisch vor sich hinstarrt. Dann zuckt ihr Herz. Voller Reue denkt sie an ihre Tat. Nun kann sie nicht mehr zurück. Wird sie Skule nach diesen Ferien verlieren? Und obwohl Skule Dagmar nicht anblickt, lächelt sie ihm zu mit allem Schmelz ihrer Unverwechselbarkeit. Das werde ich nicht zulassen, Skule. Du musst bei mir bleiben.

Mit Ophelia steigt Dagmar noch zweimal zum Strand hinab. Sie haben beide keine Freude mehr daran. Einmal versucht Dagmar, die Tochter auszuhorchen.

»Sag es mir ruhig. Mit wem hast du neulich telefoniert?«

Ohne Zögern gibt Ophelia ihr Antwort. »Mit Titus wegen Rabe. Hab ich doch schon gesagt.«

Dagmar nimmt die Lüge hin, ohne es sich anmerken zu lassen. Sie wischt Ophelia leicht mit der Hand über das störrisch stehende Wellenhaar. »Ach, mein großes Mädchen. Wir müssen einander verstehen lernen.«

Dagmar duldet, dass während der letzten Tage auf Elba nicht mehr geprobt wird. Sie gönnt Ophelia eine Atempause. Nicht, ohne strenge Pläne für zu Haus zu schmieden. Im Theater werden für Ophelia die Proben zum Märchen beginnen. Eine winzige Rolle. Immerhin. Darin wird sie sich bewähren müssen.

Am Tag vor ihrem Aufbruch nach Haus sind sie zu dritt damit beschäftigt, die casa in Ordnung zu bringen für ihre Nachfolger. Während Skule die Terrassenstufen kehrt und Dagmar die Küche wischt, trägt Ophelia den Mülleimer vor das Hoftor. Er ist gestopft voll, sie muss den Eimerrand gewaltsam gegen die Mülltonne stoßen. Da fällt ihr ein Päckchen vor die Füße, beschmutzte Silberfolie. Ophelia tritt mit der Schuhspitze dagegen, die Folie reißt. Seltsames Textilzeug kommt zum Vorschein, und Ophelia bückt sich neugierig danach. Aus dem verklebten Stanniol zieht sie Skules Kniestützen heraus.

Verständnislos schaut Ophelia sie an. Schaut sie lange an. Bis sie zu begreifen meint. Entgeistert wendet sie den Kopf über die Schulter, glaubt, die Mutter herausstürzen zu sehen. Niemand kommt. Ihren Impuls, in den Hof zu laufen, Skule sein Eigentum zurückzugeben, unterdrückt Ophelia. Die Mutter würde es ihr niemals verzeihen. Und Skule? Er müsste Dagmar dafür ... Dafür müsste er die Mutter ...

Ophelia führt die Zunge nachdenklich über die Unterlippe. Sie weiß, was sie weiß. Und wenn sie will, wird auch Skule es wissen.

Achtlos lässt sie die Stützen in die Mülltonne fallen. Nein, Skule würde es ihr nicht glauben können.

Doch Ophelia beugt sich über die Tonne, angelt die Gummistützen wieder heraus, versteckt sie unter ihrem T-Shirt. Und schmuggelt sie in der casa in ihren Lederrucksack. Mit schlechtem Gewissen gegen sie alle drei und mit heißem Bedauern für Skule.

Die lange Heimreise wird unbequem für Dagmar. Skule, unsicher auf den Beinen wegen seiner gefährdeten Knie, kann sein Gepäck nicht tragen, Dagmar schleppt seinen Koffer. Und sie weiß, dass sie diese Strafe verdient hat.

# 23

Erste Septembertage, die neue Spielzeit hat begonnen.

Wie betäubt schlendert Dagmar Pauli über den Wochenmarkt. Herbstlicher Obstduft liegt in der Luft, der süße Geruch reifer Pflaumen ist wie sommermüdes Erinnern. Dagmar betrachtet die Auslagen auf den Marktständen, ohne sie wirklich zu sehen. Sie ist ausgebrannt von Hoffnungslosigkeit, fühllos, kaputt. Nur der Ehrgeiz um die Bühnenkarriere der Tochter hält sie aufrecht, trotzt ihr grimmige Zuversicht ab. In Ophelia wird es, muss es Zukunft geben. Auch für sie, die Mutter. Für sie, die Macherin.

Dagmar begegnet nun im Theater gleich zwei Männern, die sie nicht mehr lieben wollen. An Detlevs tägliche Unnähe im Umgang mit ihr hat sie sich gewöhnt. Im Lauf der Jahre gewöhnen müssen, da sie dem Regisseur nicht ausweichen kann während der Probenarbeit. Doch nun Skule. Er hat seine Zweitfrau Dagmar abgeschafft, ohne ihr eine letzte Chance zu geben. Die Ferien auf Elba waren der Scheidungsgrund. Kein Wort mehr darüber. Doch, ein letztes, denn diese Szene kann Dagmar nicht mehr vergessen.

Sein letzter Besuch in ihrer Wohnung. Sie war mit Skule zusammen heimgekommen, zeitiger Abend. In einem Leinenbeutel trug sie Wein und frisches Brot, er hatte für Ophelia eine Flasche Cola in der Hand, schwenkte sie übermütig.

»Hallo, es gibt was zu feiern!«

Sie kommen überraschend, Ophelia fährt ertappt zusammen. Sie steht im Bad, bei geöffneter Tür. Und ist damit beschäftigt, über dem Waschbecken etwas zu säubern.

Vorsichtig betupft sie mit einem Schwamm Skules Gummistützen, die sie im Müll gefunden hatte.

Ophelia hält inne, vor Schreck mit geöffnetem Mund. Dagmar begreift sofort, stürzt auf die Tochter zu, versucht, ihr die Stützen zu entreißen. Skule, ahnungslos zu Ophelia: »Weißt du, was wir feiern?«

Er lacht schelmisch. Und Ophelia hält ganz fest. Lässt sich die Habe nicht nehmen. Sie schüttelt stumm den Kopf, mit ängstlichem Blick auf Skule. Der bemerkt den verbissenen Kampf, schaut befremdet auf den Gegenstand des Streites.

»Das sind nicht deine!«, ruft Dagmar in Not. Und damit macht sie Skule misstrauisch. Sein Lächeln verschwindet. »Zeig«, fordert er.

Und Ophelia öffnet die Hände.

Dagmar schaut zu ihm auf. Ihr ist, als sträube sich sein Haar bei diesem Anblick.

»Wer ...?«, fragt er tonlos und mustert ungläubig Ophelia. Und als er wieder ihrem hilflosen Blick begegnet, wendet er sich fassungslos Dagmar zu.

»Du?«

Dagmar schluchzt auf, wirft sich verzweifelt gegen ihn, klammert sich fest.

»Versteh mich doch, Skule, versteh mich: Mit allen Mitteln liebe ich dich – ich brauche dich – du musst zu mir kommen. Zu mir!«

Skule steht erstarrt, kalt. Als Dagmar ihm flehend in die Augen schaut, sieht sie alles, wonach sie sich sehnt, entschwinden.

»Verzeih mir. Bitte, verzeih.«

Sie wimmert. Sie weint. Sie will halten, als er sich aus ihrer Umklammerung befreit. Skule streift sie ab, bodenlos enttäuscht.

Er wendet sich und geht. Geht für immer.

Dagmar bleibt bei einer Blumenfrau stehen. Nach der zermürbenden Vormittagsprobe im dunklen Bühnenraum sehnt sie sich nach irgendeiner Freude. Nach Licht. Sie kauft Sonnenblumen, einen ganzen Arm voll. Geht damit gedankenverloren zur Straßenbahnhaltestelle. Sieht vor sich, wie Skule vorhin ungeduldig mit den Fingern schnippte, als sie ihm den Text zu spät soufflierte. Forderung, ohne einen Blick für sie. Seine Untergebene. Putzfrau.

Bitter presst Dagmar die Lippen zusammen. Es geht gar nicht anders in ihrer Situation: Ophelia muss sie retten.

Aus der fahrenden Straßenbahn blickt Dagmar zum Himmel auf. Schmerzendes Blau, wenn einer allein ist. Sie wird die nächsten Wochen nutzen, Ophelia für die kleine Bühnenrolle fit zu machen. Härteres Körpertraining. Den Hamlet erst einmal zur Seite legen, das kommt später einmal: Ophelia als Ophelia. Jetzt wird sie den Mohren mit ihr einstudieren. Die Tochter muss eine glänzende Premiere spielen. Muss.

Sie zieht das Textbuch des Mädchens aus ihrer Tasche, blättert darin. Es ist schon eingestrichen, heute wird sie es Ophelia geben. Und dann: lernen, lernen, lernen. Nach den Hausaufgaben hat Ophelia dafür Zeit. In den Höfen hat sie nichts zu suchen, wo das Jugendpack herumlungert. Du bleibst schön zu Haus, mein Kind.

Dagmar liest sich fest. Die Sonnenblumen in die Armbeuge geklemmt, hält sie mit einer Hand das Buch. Der kleine Mohr hat einen einzigen Auftritt, zu Stückschluss. Viel Text ist es nicht, immerhin zehn gereimte Zeilen. Spielend schaffen wir das, mein Kind, harte Arbeit verlange ich von dir.

Sie fährt auf, als ein Hund sie anknurrt. Bei der letzten Haltestelle ist ein grobschlächtiger Junge eingestiegen. Jetzt schaut Dagmar ihn genauer an. Sie kennt ihn. Die wässrigen Augen unter den wulstigen Lidern hat sie schon einmal aus der Nähe gesehen.

»Aus, Glatze!«, sagt der.

Der Hund kuscht, legt seinen Kopf auf die Pfoten.

Sie mustert den Jungen, der ihr unverschämt und neugierig ins Gesicht blickt. Er grinst, sagt:

»Hallo.«

Dagmar nickt knapp. Betont abschätzig wendet sie den Blick von dem Glatzkopf, vertieft sich ins Textbuch. Sie spürt, dass der Junge sie unverwandt anschaut. Unangenehm berührt von diesem hartnäckigen Blick schließt Dagmar für einen Moment die Augen. Als sie dann seitlich zu Boden guckt, sieht sie den Hund neben Springerstiefeln liegen. Auch das Tier beobachtet sie.

An der Haltestelle drückt Dagmar sich an dem Jungen vorbei, steigt aus. Über die Schulter nimmt sie wahr, dass auch er mit seinem Hund die Straßenbahn verlässt, in geringem Abstand ihr folgt. Einen Augenblick fühlt sie sich bedroht. Doch ihr fällt ein, dass der Kerl wahrscheinlich zu seinen Kumpanen im Hof will. Als sie ihre Schritte beschleunigt, rutscht ihr eine Sonnenblume aus dem Arm, fällt zu Boden. Sie bleibt stehen, dreht sich um. Der Junge macht einen Bogen um die Blume, hebt sie nicht auf. Und blickt starr an Dagmar vorbei.

Im Haus trifft Dagmar Ophelia nicht an. Zeitiger Nachmittag, aus der Schule muss sie längst zurück sein. Dagmar brennt darauf, der Tochter das Textbuch zu geben, die neue Rolle mit ihr zu besprechen. Enttäuscht ordnet sie die Sonnenblumen in eine Bodenvase. Ophelias Zimmertür steht offen, Dagmar zieht die Nase kraus. Es riecht aufdringlich nach Rabe.

»Mistvieh«, raunt sie vor sich hin und schließt die Tür.

Als sie einen Blick in den Hof wirft, sieht sie eben noch Ophelia abtauchen, um die Hauswand verschwinden. Das rotblonde Haar umflattert sie verräterisch. Eindeutig Dagmars Tochter. Sie muss sich Augenblicke zuvor von der Gruppe bei der Bank gelöst haben. Zornig wendet Dagmar sich ab. Das wird Folgen haben, mein Kind.

Sie sind nicht vollzählig. Britta und der kleine Holger fehlen. Unter der Bank liegt der Hund, Schmäde lümmelt, die unentbehrliche Bierbüchse in der Hand.

»Wo bleibt denn deine Tussi heut?«

Doreen äfft die Geste nach, mit der Britta ihre aufgeblähte Blondtolle zu betupfen pflegt.

»He, lass das!« Matjes deutet eine Ohrfeige an, und Doreen duckt sich übertrieben ängstlich weg.

»Hilfe, der haut!«

»Hör uff zu kreischen«, wirft Schmäde lässig hin. »Du machst mir Glatze nervös.«

Als der Hund seinen Namen hört, horcht er auf. Schmäde beugt sich zu ihm. »Stimmts, Glatze? Die Tante nervt.«

Alfons Beule blickt in die Richtung, in der Ophelia verschwunden ist. Sie war verstört. Sie schien Angst zu haben. Alle hatten sie bedrängt, endlich zu handeln.

Schmäde hatte in drohendem Tonfall gesagt: »Du, Alte. Der Herbst is ran. Wird's bald?!«

Und Ophelia, mit heiserer Stimme: »Versprochen.«

Beule fasst Mut. »Ich geh mal«, sagt er. »Bis dann.«

Und mit raschen Schritten folgt er Ophelia. Das Gelächter hinter seinem Rücken springt ihm nach, ein greller Pfiff von Matjes.

»Guten Fick, Alter!«

Alfons Beule sieht Ophelia über die Straße gehen, den Durchgang zum Nachbarhof nehmen. Warum geht sie denn nicht ins Haus? Er rennt, holt Ophelia ein. Er berührt sie bei der Schulter. Ophelia blickt ihm in die Augen. Und ihr ist, als sähe sie sich.

Beule schlüpft lächelnd in die Hamlet-Rolle. Und Ophelia spielt mit.

»Seid Ihr tugendhaft?«

»Gnädiger Herr?«

»Seid Ihr schön?«

»Was meint Eure Hoheit?«

»Ich liebte Euch einst.«

»In der Tat, mein Prinz, Ihr machtet mich's glauben.«

Sie beginnen gleichzeitig zu lachen, ihre Hände greifen nacheinander. Für einen flüchtigen Augenblick. Schon lösen sie sich wieder voneinander, verlegen beglückt. Ophelia senkt den Kopf. Stumm gehen sie nebeneinander her, meiden es, sich anzusehen. Vom Hof auf die Straße hinaus. Ziellos. Tief miteinander beschäftigt. Kein Seitenblick. Sie müssen bewahren, was sie eben eingestanden haben. Nichts verlieren von dieser Entdeckung. Und als sei nichts geschehen, bringt Beule das Gespräch auf Alltägliches. »Du hast Angst davor, stimmt's?«

Ophelia schüttelt zögernd den Kopf.

»Doch«, beharrt Alfons Beule. »Ich hab's dir vorhin angesehen. Du bist nicht so cool, wie du tust.«

Unwillkürlich blieb Ophelia stehen. »Was soll ich denn machen? Es ist versprochen. Außerdem hasse ich sie.«

Ihre Stimme sank zum Flüsterton, erschreckt über die eigenen Worte. Ohnmächtige Tränen rannen ihr über die Wangen. »Mensch, Beule!«

Beule hatte ihr beide Hände auf die Schultern gelegt, stand schützend vor ihr. Ophelia drückte ihre Stirn gegen sein Kinn.

»Ich hab Schiss vor der, das kannst du dir nicht vorstellen.«

Beule begann ungeschickt, mit den Fingerkuppen ihre Tränen aufzutupfen. »Warum denn nur?«

»Sie macht mich fertig. Total.«

Ophelia hob den Kopf, blickte Alfons Beule in die Augen. Ein winziges Lächeln um ihren Mund, fragte sie leise: »Und das andere – stimmt wirklich?«

Beule schob seine Hände in die Hosentaschen, sah an Ophelia vorbei. Er versuchte, mit sicherer Stimme zu antworten. »Wird schon stimmen, wenn du willst.«

# 24

Das wird Folgen haben, mein Kind. Als habe Dagmar sich diese Drohung auf die Stirn geheftet, zuckt Ophelia zurück beim Anblick der Mutter. Sie steht im Korridor, als Ophelia die Wohnung betritt. Und sie hält ein Textbuch in der Hand.

Dagmar spricht sanft, einschmeichelnd. »Ich frage nicht, wo du herkommst.«

Ein falsches Lächeln. Sie fügt hinzu: »Denn das wirst du mir gleich selbst erzählen.«

Und als Ophelia sie nur wortlos anschaut:

»Ich warte.«

Das kleine Glück mit Beule fällt in sich zusammen. Sie ist ausgeliefert. Auch ihrer Angst vor dieser Frau. Mami, mach das doch nicht mit mir. Ihre Augen betteln, aber Dagmar lächelt kühl.

»Na?«

Ophelia legt hinter dem Rücken ihre kalten, schweißfeuchten Hände ineinander. Die Finger verhaken sich.

»Ich«, würgt sie hervor, »hab einen Freund.«

Gibt ihr Geheimnis preis, um nicht für ihr Zusammensein mit der Clique bestraft zu werden. Und als die Mutter sie nur zweifelnd ansieht, fügt sie hinzu: »Wirklich. Hamlet.«

Der irritierte Blick ihrer Mutter macht Ophelia bewusst, dass sie aus Feigheit, um Dagmar gefällig zu sein, diesen Namen ins Spiel gebracht hat. Sie errötet, stottert: »Nee. Eben Beule. Alfons.«

Sie nennt den Namen, denn um jeden Preis muss sie ablenken von der Clique.

Dagmar lächelt amüsiert.

»Beule? Wer ist denn Beule?«

Antwort will sie nicht. Sie klatscht, fast erheitert, Ophelia das Textbuch sanft um die Ohren. »Schau dir das an. Lerne. In ein paar Tagen beginnen die Proben. Du wirst top sein in der Rolle, das verspreche ich dir. Lies.«

Mit dieser Aufforderung schiebt sie Ophelia in ihr Zimmer. Sie hört Rabe spektakeln.

»Morgen fangen wir an«, ruft sie der Tochter nach. »Du hast nur wenige Wochen Zeit für die Proben im Theater.«

Ophelia drückt die Tür zu, atmet auf. So viel Beule. So viel Mutter. So viel Rabe. Sie sagt ihm, dass er ihr beistehen soll. Doch Rabe weiß nur »Kra«.

Sie legt sich flach auf ihr Bett, die Augen offen zur Zimmerdecke. Das fremde Textbuch auf der Brust, mit beiden Händen abgedeckt. Beules Gesicht. Ophelia sieht es vor sich. Lange Wimpern hat er. Die Farbe der Augen? Hellgrün. Glitzernd. Schatten darin wie unter Wasser. Der süße Stich in der Brust lässt Ophelia aufseufzen. So also fühlt sich Liebe an.

Für einen Moment schließ sie die Augen, um ganz nahe bei dem sonderbaren Schmerz zu sein. Als er abgeklungen ist, öffnet Ophelia das Textbuch, sucht nach ihrer Rolle. Dagmar hat sie mit gelbem Marker angestrichen, ganz zum Ende des Stückes tritt der Mohr auf die Szene. Soll es der Sarotti-Mohr sein? Ophelia wird nicht klug daraus, obwohl er mit einem Tablett voller Schokolade kommt. Aber er redet von völlig anderen Dingen, beschreibt seinen mühsamen Weg aus Afrika her, ein fliegender Teppich hat ihn gebracht ... Der Mohr ist allein auf der Bühne, hält seinen Monolog. Ophelia schmunzelt überlegen. Das ist ziemlicher Kinderkram, den sie da aufsagen soll. Sie überfliegt die gereimten Zeilen. Einfache Worte, das lernt sich leicht. Vor den Proben braucht sie keine Angst zu haben.

Dagmar ist friedlich gestimmt während der nächsten Tage. Ophelia hat rasch gelernt, sie scheint den Rollentext im Schlaf zu beherrschen. Die Tochter kommt ihr nicht so ungelenk vor wie üblich. Zwar klingt ihre Stimme so farblos wie sonst, doch der magere Körper gibt sich geschmeidiger. Die hängenden Arme sind nicht im Weg; denn Ophelia trägt ein Tablett auf den Händen, an dem sie auch ein wenig Halt findet.

Ende September beginnen die Proben im Theater. Die Regisseurin verabredet sich nachmittags mit Ophelia, wenn die Schule vorüber ist. Sie lässt Ophelia gewähren, greift behutsam ein, wenn es notwendig scheint. Begeistert ist sie nicht von dem Kind, das sie Dagmar Pauli zuliebe mit der Rolle besetzt hat. Doch sie sieht darüber hinweg, dass das Mädchen keine Ausstrahlung besitzt, mit spröder Stimme spricht. Das prächtige Kostüm, das Ophelia tragen wird, kann ihre Wirkung heben. Turban und schwarze Schminke an Händen und Hals und im Gesicht werden exotisch genug sein.

# 25

Dagmar ist den Abend über zu Hause gewesen und hat ihr trostloses Herz durch die Wohnung getragen. So allein. Sie trauert Skule nach, der sie kaum noch eines Blickes würdigt. Sie bereut. Und sie kann nicht ungeschehen machen, was sie ihm angetan hat.

Ihr einziges Hoffen ist auf Ophelia gerichtet, die in wenigen Tagen im Theater die Premiere spielen wird. Dagmar ist während der Proben zufrieden gewesen mit ihrem Kind. Das Mädchen sieht gut aus in dem Kostüm, es ist ein glaubhafter kleiner Mohr. In Textgestaltung und Haltung wirkt Ophelia überzeugend auf sie.

Dagmar ist unruhig, weil Ophelia noch nicht heimgekommen ist. Es geht auf neun Uhr. Dunkler Oktoberabend, leichter Regen klopft gegen die Scheiben. Sie hört Wind über die Hauswand streichen, als fahre eine Hand über den rauen Putz. Wo treibt das Kind sich an einem solchen Abend herum? Vor mehr als einer Stunde hat sie selbst Ophelia hinausgeschickt, um einen Brief in den Postkasten zu werfen. Argwöhnisch blickt Dagmar abermals zur Uhr. Und in plötzlicher Angst um die Tochter beschließt Dagmar, sie suchen zu gehen.

Als Dagmar bei der Flurgarderobe ihren Mantel überzieht, steigert sich ihre Besorgnis. Ophelias Anorak hängt am Haken. Sie ist nur in Jeans und Pulli hinausgegangen.

Erregt greift Dagmar nach dem Anorak, schließt die Wohnungstür hinter sich ab. Im Treppenhaus sind Stimmen zu hören, vom Keller dringt schwacher Lichtschein herauf.

Dagmar nimmt die Stufen bis zur Haustür hinab. Und als sie eben das Haus verlassen will, klingt aus dem undeutlichen Gemurmel ein Lachen auf. Spröde und klein. Ophelias Stimme.

Dagmar kehrt um. Und leise die Kellertreppe hinab. Sie haben die schwere Tür nicht eingeklinkt, sie steht einen Spalt breit offen. Obwohl Dagmar nur einen Ausschnitt erspähen kann, weiß sie sofort, dass die Clique versammelt ist. Neben dem liegenden Hund ein Springerstiefel, der andere Fuß entzieht sich ihrem Blick. Auf einer Mauerkante sitzt der im Seidenhemd mit dem Flatterhaar. Und auf seinen Knien, einen Arm um seinen Hals geschlungen, Ophelia.

Ihren ersten Impuls, dazwischen zu gehen, laut zu werden, unterdrückt Dagmar. Sie spürt den harten Schlag ihres Herzens, während sie lauscht. Eine freche Mädchenstimme fragt: »Wann ist denn deine Show?«

»Nachmittags«, antwortet Ophelia, »um vier.«

»Märchen«, sagt der mit dem Hund verächtlich. »Wozu soll denn sowat jut sein?«

Der mit dem Seidenhemd blickt auf. »Schmäde«, sagt er vorwurfsvoll, »theatermäßig bist du Null. Schließlich spielt unsere Ophelia, ehj.«

Schmäde brummt. »Meinetwejen. Aber wenn ihre Alte merkt, dass wir alle im Zuschauerraum rumhängen?«

Ophelia winkt hochmütig ab. »Merkt die nicht in ihrem Kasten.«

Nach kurzer Pause fragt die freche Mädchenstimme: »Kasten? Was ist denn das für ein Kasten?«

Ophelia blickt in die Richtung, aus der die Stimme kommt. »Warst du noch nie im Theater, Doreen?«

»Nee. Aber Zirkus.«

Dagmar weicht vorsichtig zurück. *Unsere Ophelia*, hallt es in ihr nach. *Merkt die nicht in ihrem Kasten*. Unglaublich, diese herabwürdigende Bemerkung von ihrer Tochter.

Leise steigt Dagmar die Kellerstufen hinauf. Ophelias Anorak hängt sie über das Treppengeländer. Soll sie sehen, was die Mutter weiß.

In der Wohnung geht Dagmar ratlos auf und ab. Zorn und Enttäuschung ringen in ihr. Womit hat sie das verdient?

Dieser Ungehorsam, diese Frechheit schreien nach Strafe. Das darf sie sich als Mutter nicht gefallen lassen.

Und bebend vor Wut öffnet Dagmar die Balkontür, trägt aus Ophelias Zimmer den Vogelkäfig hinaus in die Dunkelheit. Sie öffnet die Käfigtür, schlägt von innen die Balkontür zu.

Als kurz darauf Ophelia heimkommt und verstört ihren Anorak an den Haken hängt, den Dagmar ihr vielsagend hingelegt hat, richtet Dagmar kein Wort an die Tochter. In ihrem Zimmer kann es Ophelia nicht glauben. Rabe ist weg.

Den leeren Vogelkäfig entdeckt Ophelia am nächsten Morgen auf dem Balkon.

# 26

Kein Wort darüber. Ophelia schluckt an ihrem Kummer um Rabe, weiß sich schuldig. Sie schaut in den Himmel, sucht in den umliegenden Höfen nach dem Vogel. Rabe bleibt verschwunden.

Obwohl sich Ophelia ihren Ungehorsam gegen die Mutter eingesteht, spürt sie Trotz. So lässt sich das nicht regeln. Diese Strafe ist unangemessen, das muss ein erwachsener Mensch doch wissen. Ophelia grübelt, wie sie sich wehren kann. Aber es ist ja zu spät, Rabe kann nicht wiederkommen.

Sie vermeidet es, der Mutter in die Augen zu schauen. Wenn sie Dagmars Blick auf sich gerichtet fühlt, prüfend und fragend zugleich, ruckt Ophelia mit dem Hals. Ein Tierchen, das etwas von seinem Fell schütteln möchte. Beharrlich bleiben die stummen Blicke an ihr haften, vorwurfsvoll.

Dann die Generalprobe zum Märchen. Sie ist gut gelaufen, Ophelias Auftritt zum Ende des Stückes hat sowohl die Regisseurin als auch Dagmar in ihrem Souffleurkasten zufrieden gestimmt. Als Dagmar ihre Tochter umarmt und ihr sagt, wie gut sie ihre Rolle spielt, zittert Ophelias Herz an dieser plötzlichen Wärme, hofft. Ophelia bricht in Tränen aus.

»Warum hast du das gemacht?«, flüstert sie an der Schulter ihrer Mutter.

Sanft schiebt Dagmar die Tochter von sich, schaut ihr ernst in die Augen. »Das weißt du ganz genau.«

Ophelia blinzelt, senkt den Kopf. Sie würgt an einem Widerspruch, doch er kommt ihr nicht über die Lippen. Nein. In Wahrheit weiß sie es überhaupt nicht.

Am Tag darauf ist der Premieren-Nachmittag heran. Ophelia hört das Gebraus der vielstimmigen Erwartung im Zuschauerraum. Sie späht durch einen Vorhangspalt, sucht nach ihrer Clique. Sie sind alle da, bis auf den kleinen Holger. Sitzen in der vorletzten Reihe, Brittas heller Haarballon leuchtet auffällig. Schmäde wirkt komisch ohne seinen Hund, sein massiges Gesicht ist ratlos der Bühne zugewandt. Matjes neben seiner Schwester Doreen. Und Beule, Ophelias Herz hüpft schmerzhaft. Für ihren Hamlet will sie wunderbar spielen, er muss stolz auf sie sein.

In ihrer Garderobe fiebert Ophelia dem Auftritt entgegen. Unter der schwarzen Schminke, die Gesicht und Hals und Hände bedeckt, friert sie vor Aufregung. Ihre Hände sind eiskalt. In Gedanken haspelt sie immer wieder ihren Text ab, er ist ihr gegenwärtig wie ihr Name.

Der Lautsprecher über der Garderobentür knackt, sie hört die Stimme des Inspizienten: Ophelia Pauli bitte zum Auftritt.

Sie geht mit kleinen, nervösen Schritten. In der Gasse neben dem geöffneten Bühnenvorhang drückt der Inspizient ihr das Tablett in die Hände, auf dem Schokoladestapel liegen. Und wie sie es von den Proben her gewohnt ist, hält Ophelia sich anmutig fest am Tablett.

Jetzt.

Der Inspizient tippt ihr sacht in den Rücken, und Ophelia tritt in das blendende Scheinwerferlicht hinaus. Geht bis zur Mitte der Bühne, tritt ein paar Schritte nach vorn, auf den Zuschauerraum zu. Ganz, wie es einstudiert ist. Und bevor sie ansetzt zu ihrem kurzen Monolog, wirft Ophelia einen Blick in den Souffleurkasten. Begegnet den gierigen Augen ihrer Mutter. Sieht das triumphierende Lächeln auf Dagmars Gesicht. Liest in Dagmars Zügen den Anspruch auf Erfolg, den Ophelia sofort, in den nächsten Augenblicken, bringen muss. Anspruch, dem sie nicht gewachsen ist.

Ophelia öffnet den Mund. Ihre Lippen beben. Sie ruckt in Not mit dem Hals, um Worte herauszupressen. Kein Ton. Nimmt wahr, wie das Muttergesicht im Souffleurkasten sich verfinstert, Wut im Blick aufspringt. Laut, überlaut flüstert Dagmar ihr den Text zu. Und Ophelia vermag nicht, ihn nachzusprechen. Ihr Name ist nicht mehr bei ihr, ist aus dem Kopf ins Nichts gefallen. Ihre Stimme ist fort.

Vor Angst beginnt Ophelia am ganzen Leib zu zittern. Eine Schokoladentafel segelt vom Tablett. Jemand im Zuschauerraum pfeift. Und dann erkennt Ophelia deutlich das freche Lachen von Doreen.

Der Inspizient an seinem Pult hinter der Bühne fuchtelt mit den Armen. »Vorhang!«, zischt er.

Und gnädig und erlösend und unheildrohend schließt sich vor Ophelia der Vorhang. Alles vorbei.

Sie stürzt von der Bühne in ihre Garderobe. In fliegender Hast befreit sie sich von ihrem Kostüm, die Garderobiere kann ihr nicht schnell genug beispringen. In der Maskenbildnerei empfängt Ophelia betroffenes Schweigen. Jemand schiebt ihr Zellstoff und Vaseline zu, in Eile wischt Ophelia Schminke vom Gesicht. Hals und Hände säubert sie flüchtig. Weg, nur weg von diesem Ort des Unheils. Nach Haus und in die Badewanne. Sehnt sich danach, als werde sie dort von allem Übel reingewaschen.

Sie stolpert, blind gegen alles, durch den Bühnenflur. Hört von der Bühne her Applaus, der ihr nicht gilt. Ophelia verlässt das Theater in solcher Hast, dass sich der Ärmel ihres Anoraks an der Türklinke verfängt. Reißt sich los in plötzlicher Furcht, nicht entkommen zu können. An der Straßenbahnhaltestelle trippelt sie wie ein gescheuchtes Huhn von Fuß zu Fuß am Platz. Nur noch weg.

Während der Fahrt durch den zeitigen Abend presst Ophelia ihr Gesicht gegen die Scheibe. Sieht Autos fahren, sieht Leute gehen. All das weit, weit weg von ihr. Mein Gott, Beule. Alfons, mein Hamlet. Was wirst du denken von mir? Die anderen der Clique sind ihr plötzlich egal. Macht doch euern Scheiß allein. Ich spiele nicht mehr mit.

Spielt mit. Zwangsläufig. Ohne dass sie es will.

Für Augenblicke gibt es wundersamen Trost, als Ophelia in die Badewanne steigt, sich ins warme Wasser legt. Sie taucht ein bis zum Kinn. Vergisst. Wie von selbst einige Töne, die ihr Mund summt. Sie lauscht der Melodie, erkennt sie nicht. Mit spielerischem Fingerschnippen lässt sie Schaumblasen platzen, hellgrüne Seifenlichter.

Und plötzlich weiß sie alles wieder, als sie den Schlüssel im Türschloss hört. Dagmar kommt heim. Ophelia hält den Atem an. Würgend steigt Angst in ihr auf.

Dennoch: So fürchterlich hat sie es nicht erwartet. Dagmar reißt die Badtür auf. Sie ist blass bis in die Lippen vor ohnmächtiger Wut. Sie stürzt, noch im Mantel, herein. Abwehrend hebt Ophelia die Arme, sich zu schützen vor dem Ansturm.

»Mami!«, ruft sie in höchster Angst.

Aber Dagmar sieht und hört nicht. Bis ins Blut ist sie erfüllt mit Bitterkeit, mit Enttäuschung über ihr Leben. Und sie schlägt auf Ophelia ein, blindwütig, wohin sie trifft. Ins Gesicht, auf den Kopf, auf ihr eigenes verpatztes Dasein in diesem Wesen, das sie verraten hat.

Ophelia ist außerstande, sich zu wehren. Flehend legt sie ihrer Mutter die Arme um den Hals. Bitte, bitte nicht.

Da verliert Dagmar das Gleichgewicht. Ihre Füße rutschen weg, sie stürzt bäuchlings in die Badewanne. Und Ophelia, noch immer die Arme um Dagmars Hals gepresst, drückt die Mutter fest an sich. Hält ihren Kopf, der unter Wasser seltsam klein aussieht, so fest sie irgend kann.

Dagmar strampelt wild mit den Beinen. Dann sacht.

Dann gar nicht mehr. Und als sie reglos in sich zusammensackt, löst Ophelia ihre Umarmung. Ahnungsbang, mit beiden Händen, hebt sie Dagmars Kopf.

Das Gesicht der Mutter taucht auf. In den weit offenen Augen ein verwundertes Fragen.

*Warum hast du das gemacht?*

Ophelia steigen Tränen in die Augen.

*Das weißt du ganz genau.*

*Ingrid Hahnfeld,* 1937 in Berlin geboren, Schauspielerin in Greifswald und Dresden, arbeitet seit 1971 als freie Schriftstellerin. Sie wurde 1989 mit dem Worpswede-Stipendium ausgezeichnet. Sie lebt und schreibt heute in Magdeburg. Ingrid Hahnfeld hat zahlreiche Romane, Erzählungen, Hörspiele und psychologische Krimis veröffentlicht, unter anderem *Schwarze Narren, Das tote Nest, Höllenfahrt. Tagebuch einer Depression.* Im Militzke Verlag erschienen bisher *Niemandskinder* (2000) und *Die schwarze Köchin* (2001).

Dass gute Unterhaltung und anspruchsvolle Genreliteratur kein Widerspruch sein müssen, beweist die Krimi-*Reihe M*. Mit milieustarken Thrillern, psychologisch überzeugenden Who-dun-its und harten Großstadtkrimis bietet *Reihe M* Spannung pur für Krimifans und solche, die es werden wollen. *Reihe M* wagt literarische Experimente und fühlt den Puls der Zeit. Auch Krimis, die à la Akte X mit dem Mysteriösen spielen, haben in der Reihe ihren Platz. Hier gibt es keine Themen, die zu heiß für einen Krimi sind. *Reihe M* – das sind die Krimis des 21. Jahrhunderts.

Bei der *Reihe M* spielen die Autorinnen und Autoren die Hauptrolle. Hier schreiben Theaterleute und Bäcker, Philosophen und Taxifahrer, langjährige Profischreiber und Debütautoren, die oft auf den abenteuerlichsten Wegen zum Krimi gefunden haben. *Reihe M* setzt bewusst auf deutschsprachige Autorinnen und Autoren: Die Reihe will neue Talente entdecken, sie fördern und mit ihnen das Einerlei des Krimimarkts um aktuelle, engagierte Geschichten, um außergewöhnliche Verbrechen und sympathische sowie originelle Heldinnen und Helden bereichern.

# Die neue Krimireihe im Taschenbuch

224 Seiten
ISBN 3-86189-500-5
7,90 [D] / 14,10 sFr

224 Seiten
ISBN 3-86189-501-3
7,90 [D] / 14,10 sFr

240 Seiten
ISBN 3-86189-503-X
7,90 [D] / 14,10 sFr

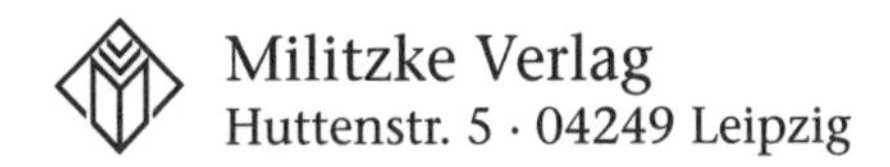

**Bibliografische Information**
**Der Deutschen Bibliothek**
Die Deutsche Bibliothek verzeichnet diese
Publikation in der Deutschen Nationalbibliografie;
detaillierte bibliografische Daten sind im Internet über
http://dnb.ddb.de abrufbar.

1. Auflage


Lektorat: Lisa Kuppler
Umschlaggestaltung, Satz und Layout: Dietmar Senf
unter Verwendung eines Fotos von Getty Images, München
Druck und Bindung: Offizin Andersen Nexö Leipzig GmbH

ISBN 3-86189-502-1